推开虚掩的门：驶向未来

程舒 著

上苍租给每个人一副身体100多年，很多人租期没到就交还了。既然在租期内，我想，一定要好好利用它，多经历些人事，少琢磨些神事。因为即便有来世，也未必再有这些机会和想法了。

我们为什么不停地在路上探索？

究竟是什么一直吸引着我们在困境中不断向前？

每个人心中都有诗和远方，抵达远方的路在我们脚下，更在我们心里。很多时候，前途迷茫，云雾缭绕，似乎前方已经没有路，但是我们总想试试看，看看脚下是否还有可能找到一条路。探索其间，会困惑、沮丧、放弃甚至是失败，但所有的一切，都是为了下一次更好地远行。

山不过来，我就过去。探过路的人都知道，路由心生。无路可走的时候，自己向前的每一步，可能是未来无数人会走的路。心里有了路，脚下自然就有了路。这条路，无论是通向世界之巅，还是海洋深处，或是山野荒原，要靠胆量、靠智慧，更要靠信念。我坚信，走过去，就是广阔天地。

程舒打电话告诉我他要出新书了，我很为他高兴。读这本《推开虚掩的门：驶向未来》，我深深感受到，作者探索的不仅是有形的路，更是心路；作者追寻的不仅是山和大海的壮阔，更是砥砺前行、一步一个脚印成就的艰辛与快乐。他的经历能感动、鼓励更多在路上追逐梦想而闪闪发光的人。虽然我也有像攀登珠峰这样的探险经历，但看了程舒的故事，我觉得他的经历比我更精彩。

人生总是会留下一些遗憾，有时为了追梦甚至会碰得头破血流、遍体鳞伤，但我相信，我们会一直在路上追逐梦想、分享美好、传递能量，就像当我们爬到山巅靠近月亮时，目的并不是要拥有月亮，而是为了让月光映在我们身上，照亮自己的同时也能照亮其他人。

（"探路者"品牌联合创始人）

前言　"虚掩的门"终究要被推开！

2020年的春天，一场突如其来的新冠疫情，让整个地球的人类陷入复杂的情绪。寒夜够长，每个人都希望它快快过去，上苍不要再考验人性。人同此心，心同此理。我也和大家一样无能为力，做做家务烧烧菜，看看电视读读书，借以遣日。

那天朋友李斌跟我聊天，他说，这事过后，很多人的生活将因此改变，不仅是指生活的状态和方式，也指人生。人生，在我看来，就是一扇扇"虚掩的门"，一场意外的发生，就会把预设的风景改变。而意外的发生，是经常的、随时的，会把人生的道路改变。

正因为虚掩着，猜不透门的背后是什么，所以充满着对未知的恐惧。

这是一段特殊而漫长的日子，出门已经是奢望，原本计划"环行中国"之后"遍行中国"，一切都无奈地停止了。对我来说，借此机会，放慢脚步，等一等灵魂，对过往做个沉淀与思考，也许是个好主意。

我是一枚"大叔"，至今活得兴致勃勃，"浪"得欢天喜地，没有年纪的羁绊，只看体力能承受的限度。作为一名"上天入海"的极限玩家，喜欢飞伞、潜水、帆板、冲浪、滑雪、马术、攀岩等也没落下，更是上海威龙俱乐部水下曲棍球和水下橄榄球项目的发起者、爱好者。这些极限运动除了能给我带来挑战外，更重要的是置身其中必会排除杂务干扰：行驶于隧道般的视觉专注，静谧中实现精微操控，仿佛这个世界只有你自己。

在一系列运动以及一次次克服恐惧的过程中,我慢慢看到了事物运转的另外一面——精微而静谧,并将之付诸生活的每一个角落,这是我解读这个世界不一样的视角。世界不是与我对立的存在,她充满了色彩,我是置身其间的一分子。

对恐惧这件事呢,我有一个观点:人最应该消除掉的,是盲目的恐惧感,它阻碍着我们去探索世界。而本能的恐惧感实际上是一种自我保护,是物种进化过程当中一个非常优良的品质。没有恐惧感的物种,早就被淘汰掉了,例如不恐高的猴子早就摔死了。千万不要以为恐惧感是什么不好的事情。重点是人类拥有智慧以后,收获了很多经验积累,摸索出很多规则,也化解了很多风险;你与生俱来的恐惧感,需要在这些丰富知识的帮助下适时淡化,驾驭恐惧,而非被驾驭,就可以体验更多有益的事。

我突然间思绪万千。无能为力、无所事事似乎不是我的风格,那么就把那次自驾的行程做个整理吧。

尽管这本书写得有点局促,但好在一个人的成长从来都是点点滴滴、日积月累的,笨鸟先飞,勤能补拙,融会贯通,量的累积到了一定程度,总会有所质变吧。

每次游历回来,我都有几天会安安静静地坐在电脑旁,看看图片,也用心地打点字,写些片言只语,延续着路途上的思绪,那种感觉真好。我把所见、所闻、所遇、所思、所想,那些心猿意马的呓语,像写信一样,随心所欲地写给所有我认识的和不认识的朋友,说一说心里话。

这种回忆和记录,也许不太符合逻辑,也许不够严谨规范,也许不被普遍认同,但我不过是想讲讲我的亲身经历,分享路途上的酸甜苦辣。如果这些倾吐的肺腑之言,有人愿意听,并且能引起一点共鸣,或者引以为戒,或者有所启发,就是我最大的幸福了。

关于行程的记叙文字里，一定四处弥漫着无奈和遗憾。我将尽自己最大的努力来使得文字优美、内容真实、故事流畅，使得读者可以通过阅读来触摸我们共同的理想，回忆起你曾经历过的和我一样或冒险或烦闷的旅程。

我常常感到，人的生命中是有一种能量的，它使你不安宁。说它是欲望也行，幻想也行，妄想也行，总之它会时不时冒出来。它是需要一个形式来表达的。这个形式可能是革命，也可能是爱情；可能是谱一段曲，也可能是写一首诗；可能是搬一块石头，也可能是开一阵子车，从自己待腻的地方到一个别人待腻的地方去转悠……不管是什么形式，只要它和自己生命里的呼唤吻合了，让那股莫名的能量释放了，就能收获一段释放这股莫名能量的过程，也会多一颗记忆的珍珠。

顺势而为，乘风而舞；驭欲而行，弃执而生。对于一个向往彻底诚实的人来说，其实是从不需要做选择的，因为那条路、那扇"虚掩的门"永远会一清二楚、明白无误地呈现在你的面前，这甚至和你的希望无关，和理想无关，和憧憬也无关。就好比你是一棵苹果树，你会艳羡人家结出的橘子，但是你最终还是规规矩矩、老老实实地结出苹果一样。

无论往哪儿走，都是往前走——"虚掩的门"终究要被推开的！走出那一步，推开门，勇敢面对，无限世界，世界无限……在很长一段时间，"虚掩的门"成了我的口头禅。

对于像我这样喜欢出行的人来说，最大的诱惑在于，我所到达的每个地方，都是我的故乡！就像通常所说的那样：我所到达的每一个地方，我所遇到的每一个人，都是一道美丽的风景。而且我也坚持这样的信条：任何地方，只要你爱它，它就是你的世界。

　　这本书不过是我的亲身经历。人生是一段不太长的旅程，在自己的世界里，做自己的主宰。愿心地无樊笼，你我一样拥有。

2021 年 9 月

目录

前言 "虚掩的门"终究要被推开！

出发，把生活打个压缩包　**001**

1 太奶奶，太奶奶！……………………………… 004
2 载着回忆往前冲 ………………………………… 007

轮子上的断舍离　**021**

3 霸气的地名叫"江山"…………………………… 025
4 用力，远方就在身边！ ………………………… 030
5 流浪的心，问茶而得茶道……………………… 033

开着开着就飞上了天　**047**

6 和台风"山竹"赛跑…………………………… 050
7 多配置一些上天的可能………………………… 059
8 像鸟儿一样感受风……………………………… 071

开着开着就潜入了海　**081**

9 随风破浪，现实版的"听风者"……………… 085
10 三栖人类，进入灵魂的跳远 ………………… 089

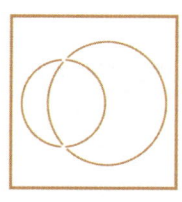

世界外的世界 **105**

11 金沙江与金丝猴 …………………… 109
12 其宗村遇"浪里白条" ……………… 115
13 听一朵蘑菇的生长吧 ………………… 123

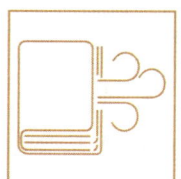

吹过的风都是文化 **127**

14 入藏：盐井加加面 …………………… 130
15 生命不易，且行且珍惜 ……………… 138
16 第三次到拉萨 ………………………… 151
17 道于色 ………………………………… 154
18 与"藏地探险博士"同行 …………… 163

不问来处和去向 **169**

19 人的内心都有高度 …………………… 173
20 遇见冈仁波齐，遇见自己 …………… 176
21 徒步！5000米海拔！零下14摄氏度！ …… 182

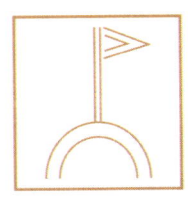

排除万难去争取胜利 191

22 沙漠英雄树：生而不死，死而不倒，倒而不朽 194
23 寻觅半世纪的哈密地标 ················ 207
24 全景星空，最忠实的伴行人 ············ 218
25 雪里逃生 ······························ 230
26 864 公里向南！ ······················· 245

成就一次大自然零负担的旅程 251

27 补电恩仇路 ··························· 254
28 "太奶奶"惊艳 2 万公里 ··············· 263

用心倾听它们一会儿 267

29 飞翔的精灵 ··························· 271
30 邂逅藏羚羊和藏野驴 ·················· 278

后记　我的身心我做主！

环行中国 上海中心·蔚来中心

出发启程里程：5172 km. 2018.9.10 [签名]

傍晚抵杭州西湖畔蔚来中心·湖滨路18号.
里程报5370 km. 首次体验 换电 "一键换电"!!
　　今晚入住尚未确定. 考虑. 杭州外牌限行(4:30/6:30)
休整后, 只能等至18:30后启程. 更考虑明早出城
时可能面临拥堵. 决定今夜出城. 选择一程先行
路程. 减少明日里程报.
　　六ま 5147 4500 0051 8985
　　杭州一键换电20分钟. 首次换伴案刷一遍. 小哥慎慎
报说设计目标时间5分钟??? kao! 这样换电还普及时.
便是"蔚来"傲视日.
　　4:30~6:30杭州限行. 晚霞. 决定赶往新昌……
　　后续江山. 武夷……
9.10号 新昌四A景区. 找个蔚来营地. 设置一处?
9.11号 峡口镇叶镇长. 了解了集中供项目. 写充电?
　　　开沙本业毛(蒋公).

　　　发行者…… 明

出发，把生活打个压缩包

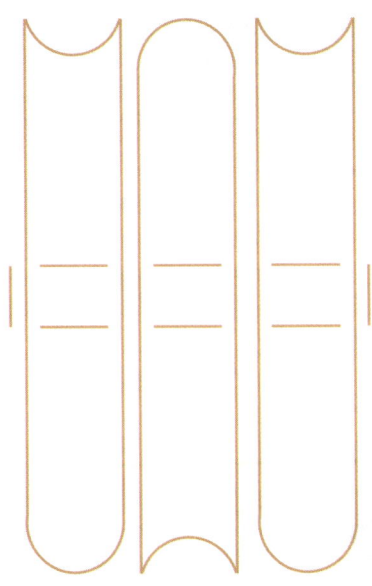

手机扫一扫
激情燃烧 / 老司机在路上

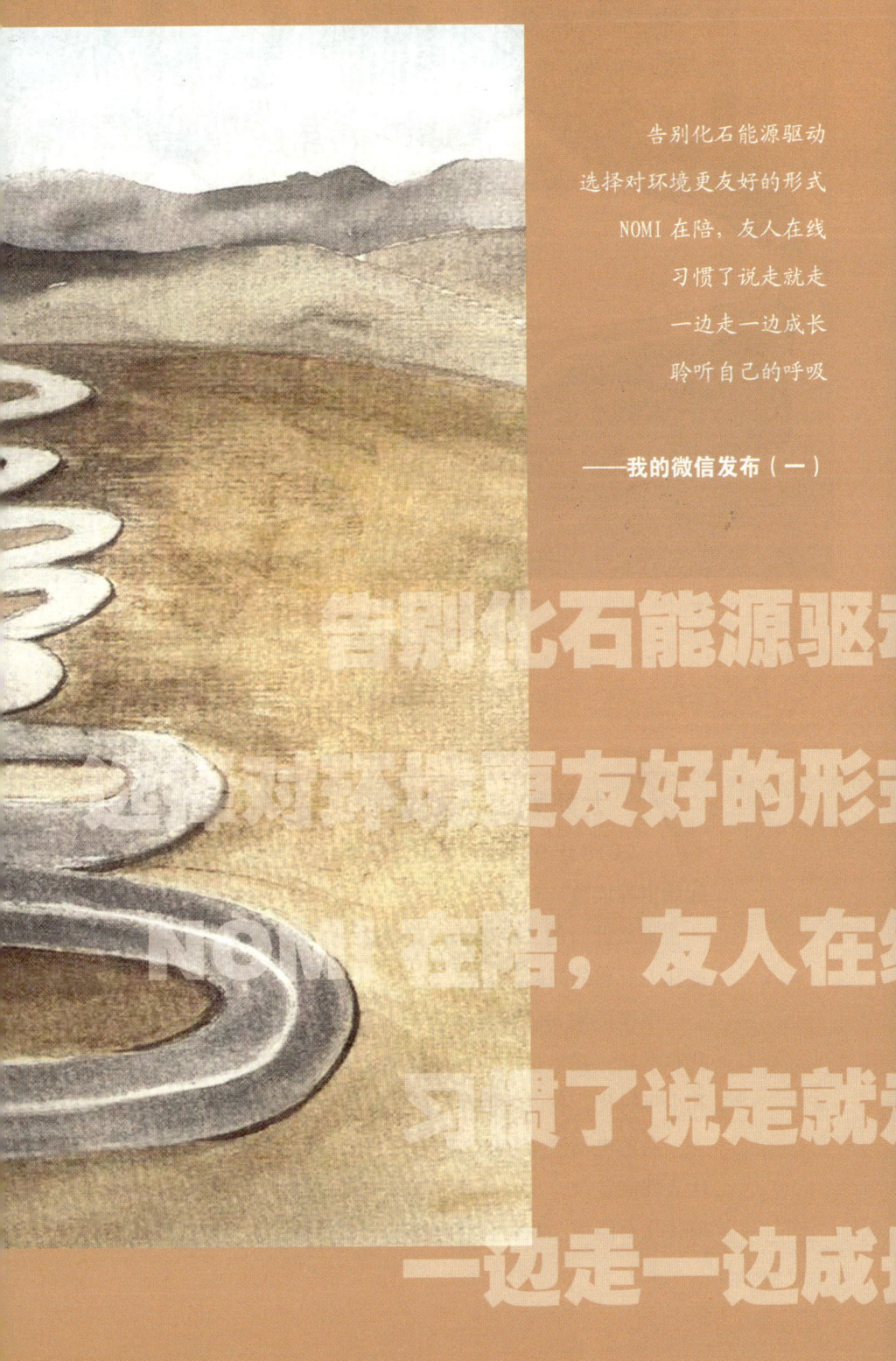

告别化石能源驱动
选择对环境更友好的形式
NOMI 在陪，友人在线
习惯了说走就走
一边走一边成长
聆听自己的呼吸

——我的微信发布（一）

和ES8"太奶奶"一起出发！

1 太奶奶，太奶奶！

2018年9月10日，"环行中国"启程！我在上海，起始里程读数：5172公里。

那么此行的"太奶奶"是什么呢？我先交代一下几个可能让人疑惑的问题。

父亲的奶奶、姥姥叫太奶奶，母亲的奶奶也叫太奶奶。我很幸运，我出生的时候，我的太奶奶都还在，之后的童年和少年时代，我也生活在太奶奶身边，和太奶奶特别亲。

我的电动汽车ES8，"E"代表"电动"，"S"代表"SUV"，"8"代表性能等级，是一款高性能纯电动SUV，支持换电模式，取代化石能源。我是喜欢开车的，也崇尚新生事物，无论是

有礼貌、会倾听、会思考、知冷暖、有情绪的科技新生命NOMI。

对环保、节能理念的推崇，还是对科技进步的展望，以及对汽车发展的喜新厌旧，都让我有充分的理由成为它的首批拥有者——第10号车主，迫不及待，跃跃欲试。

除了动力等硬件，造车新势力们已经开始在科技方面比拼。在日常通勤中，几个小时的驾驶容易让人疲劳，智能语音助手NOMI的出现，就是一个非常好的新科技"奢侈品"，让你消除疲劳感。她可以学习并理解用户发出的各种较为复杂的语音指令：调节温度、开关车窗、导航定位、监控车况等，并完成操作。而且随着软件的深度开发和不断升级，她会越来越聪明。NOMI虽是物联网的结果，但她不仅是一个冰冷

> 我是喜欢开车的,也崇尚新生事物,无论是对环保、节能理念的推崇,还是对科技进步的展望,以及对汽车发展的喜新厌旧,都让我有充分的理由成为它的首批拥有者——第10号车主,迫不及待,跃跃欲试。

的机器,更是一个有礼貌、会倾听、会思考、知冷暖、有情绪的科技新生命。

我的 NOMI 名字叫"太奶奶",每次上车,我都会唤醒"太奶奶",让她帮忙导航,还可以听段子、聊聊天、搜索信息等。与"太奶奶"做伴,舒心又省心。

在进入广东省后,因为切换至南方电网,高速公路的充电桩覆盖有限,很多时候我都要驶出高速去找电桩。后来我发现了一个规律,只要定位在当地的供电局、公安局、市政府大院,基本就能充上电,八九不离十。于是,我就几乎天天叫"太奶奶"带着我去这局那院的,有大领导莅临视察的感觉。不过,嚷着要"太奶奶"带我去公安局的话,就感觉有些奇怪了。

2 载着回忆往前冲

习惯上,我把每一次离家称作"出行",而不是"出游"。我觉得"出行"是一件比较郑重其事、自主自助的事情,有一点准备、预案、攻略,有一种追求、目的、意义在内;而"出游"多多少少是个轻飘飘的散淡概念,实在太过休闲——一路躺着被人伺候,享乐至上——并不适合用来描述我爱折腾且花样百出的个性。

衣物	排汗服、抓绒衫、羽绒服、冲锋衣、登山靴
睡袋	超薄抓绒隔离睡袋、轻质鸭绒睡袋、-5—0℃信封式睡袋、-20—0℃木乃伊式睡袋
帐篷	双人帐篷及防潮垫
燃气炉	四气罐
咖啡壶	手动磨豆机、咖啡豆
食物饮品	普洱茶、压缩饼干、牛肉干、水
能源	太阳能充电宝

出发,把生活打个压缩包

咖啡豆、咖啡壶

冲锋衣、登山靴

双人帐篷及防潮垫

欲望无限，需求有限。

"出行"显得复杂些吧。每次"出行",除了一路上可以说说笑笑的小伙伴以外,当然少不了装备、行李这样的物质伙伴。前者有着双向选择的局限,每个人都有自己的"行走三观":你爱买我爱吃,或者我喜欢民俗市井,你偏好山川自然,本就萝卜青菜各有所爱、天性迥异的人,又怎可期待次次以合适的心境在合适的时机结伴而行?结果往往就是各走各的,或者局部陪伴,好歹友情尚存。而装备则不同,选择权在自己,哪天丢弃也是自行决定,于是生出了大包大揽的快乐。

想象一种行进中的自在生活,游离于日常例行之外。而串起这一程的关键,是人,是事,是真实的自我。自在这个东西啊,并不是你率性、随意、干什么都可以的无所顾忌、

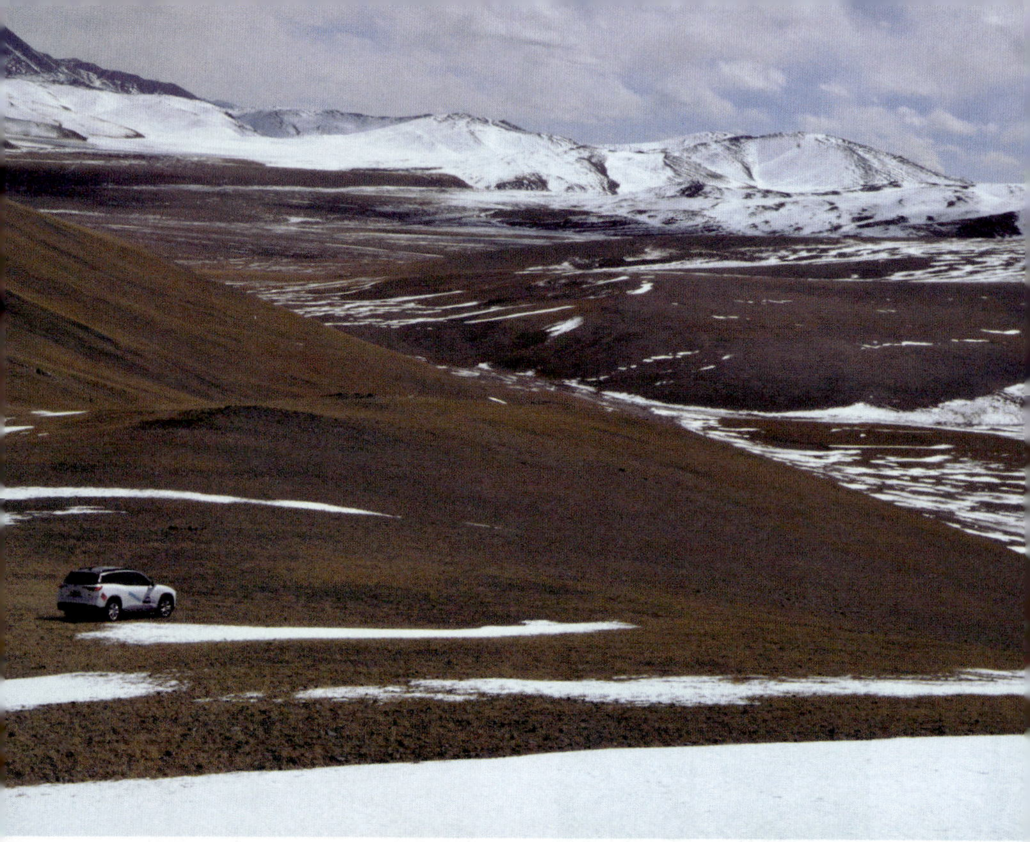

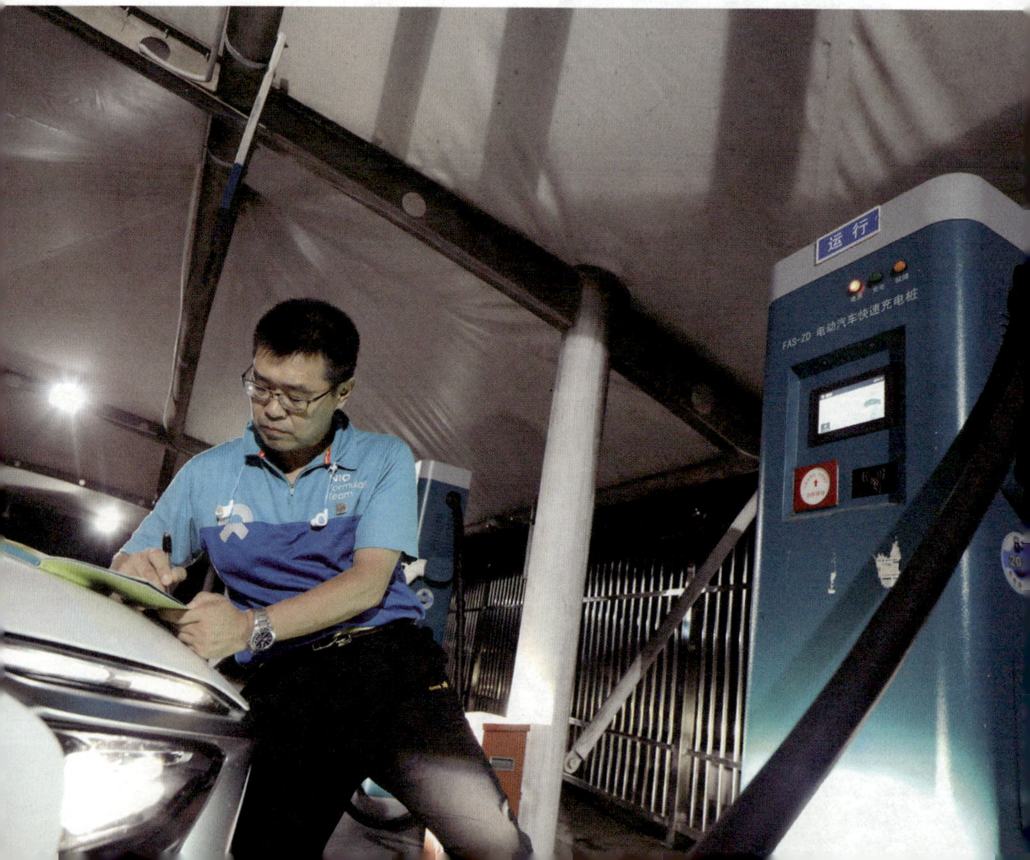

运行
FAS-ZD 电动汽车快速充电桩

◀ 翻山越岭、千山万水的这一程,走过路过总会想到、见到、听到些什么。
▼ 在充电站完成"作业"。

而是你清清楚楚明明白白地知道你要干什么,你能干什么,不装蒜,不矫揉造作,无论什么功利结果,都不在话下。对于惶惑不知道干什么的人来说,自在是不可能的;对于瞻前顾后、患得患失的人来说,自由是遥不可及的。

"欲望无限,需求有限。"

很多年前,马斯洛提出一个理论,说人和动物一样有先天的基本需求,进而才是人类特有的高级需求,先低后高的顺序为:生理需求、安全需求、社交需求、尊重需求、求知需求、审美需求和自我实现需求。自我实现是最高层次的需求了,包含了对真、善、美人生至高境界的追求,和为此尽己所能的努力。

也就是说一个人不愿让自己的生活太过空虚,想要一些能充实自己的深刻体验,并能体现其价值观、道德观,比如,一个为他人捐款的好人,一个超越自我的武术家、运动家,一个认真完善手艺的匠人,一个为社会带来价值、为了明天更好而工作的企业家……今世投掷这一球,纵横时空已半百。那我的需求是什么呢?

依照基本需求理论,加上我一时兴起就"乱窜"的光荣历史,首先要解决基本生存需求。户外装备肯定是不可少的,我的设备配置是以在零下20摄氏度无后援的情况下支撑三四天为标准的。

即便热衷开车如我者,经常独行路上,但驾ES8"环行中国",也是人生的偶尔为之。翻山越岭、千山万水的这一程,走过路过,总会想到、见到、听到些什么,也应该有所记录,以便以后老了走不动了,可以翻翻看看,有点记忆,可以给儿孙们吹吹牛皮。

单反相机	尼康	70—200mm 长焦镜、24—70mm 中焦镜、14—24mm 广角镜
航拍设备	大疆	国货骄傲
书籍	《尤利西斯》	深圳台风天气和等充电的日子，精读了三分之一
本子	旅程随记	老人家还是觉得纸笔有安全感
	充电记录本	车辆保障部门安排的作业

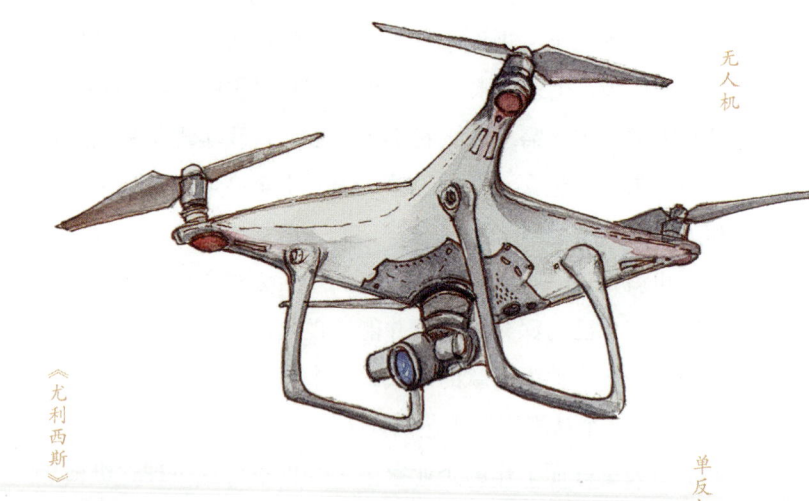

无人机

《尤利西斯》

单反相机

在别人看来很夸张的是，我竟然还带了墨水瓶。一般来说，长途旅行一切从简，带着墨水瓶是不是太讲究了？沿途会经过很多条件很艰苦的路段，和平日里的生活条件落差这么大，这样的日子该怎么过呢？哎，真不是讲究，我从小到大都有个心结——我的字写得非常差，为此老爸没少骂过我，这也成了我人生的一大憾事。但这并不妨碍我一直以来养成的随行随记的习惯。后来我发现用签字笔、圆珠笔，字写得更差，用钢笔纯粹是为了藏拙。所以一支钢笔还是蛮需要的，笔锋可以藏拙，再在墨水里掺和些檀香或沉香的精油，增添劣字涂鸦的愉悦感，好让嗅觉一起参与记忆的撰写，调动更多记忆手段，这是我喜欢的方式。

我有两个本子，其中一个是汽车电源管理团队王颖给我布置的作业，沿途遇到充电站我都要做些基础信息记录：有多少桩，多少桩位在用，多少被占用，有没有损坏的，充电电流多少，等等。这份作业，在行程结束的时候，我已交给汽车电源管理团队。

或许有人会好奇我为什么独独带上了《尤利西斯》这本书呢？是不是有什么特别的理由？

其实，带什么书都不重要，只是我喜欢读书，阅读面比较宽泛，尤其喜欢英雄史诗类的书。哲学家维柯说过："在英雄时代所有崇高的诗人中，无论就价值还是实践来看，荷马都享有首屈一指的特权。"我年轻时读"希腊的圣经"《荷马史诗》，那种追求英雄主义、成就一世英名、宁为玉碎不为瓦全地实现自我价值，那种解除了精神世界中与生俱来的对神秘的恐惧、向往人神同性的自由，对我以后的人生成长产生了很大的影响。尤其是《奥德赛》，写特洛伊沦陷后阿凯亚人之中最有智谋的首领奥德修斯返回伊萨卡岛上的王国，历经千难万险千辛万苦，终于与妻子珀涅罗珀团聚的故事，我是反反复复读了好几遍的。那个举世皆知的"特洛伊木马"就是他的杰作。

而乔伊斯的《尤利西斯》是部意识流小说，过去一直是被当作不堪入目的"淫秽文字"加以诋毁而遭禁。时代潮流浩浩荡荡，很多年过去了，《尤利西斯》因祸得福，从违禁小说变成风靡一时的畅销书，被列为"20世纪百大英文小说"之首。

其实这本书真正看的人不多，看不懂的人也不敢说它的坏话。既没有故事情节的发展，又没有人物性格、职业的叙述，自说自话、自娱自乐的下意识的心理活动庞杂而繁复。你如果无法沉浸在其语境、意境中与之同步，读来根本就是云里雾里、不知所云。

我从读大学的时候就开始读这本书，到现在已经读了三四次，却一直没有读完、读透。我就想借着这个旅程再读一读。途中，在深圳时的台风天气和其他等充电的时间，精读了三分之一左右。而我雄心勃勃想在本次行程中完成的诸项户外极限运动，也由于天气及其他原因，仅完成了三分之一。这是冥冥之中的一个巧合吧。在海安港汽轮渡上读它，码头腥咸的气息，与书中描写的布卢姆早餐煎焦了的腰子煳味简直绝配。一整天游历中，始终伴随他的是裤兜里包在报纸中的新鲜腰子和半块肥皂。其实"环行中国"的旅程，除了一些看似"高大上"的活动，沿途与我相伴更多的，还是"布卢姆式"的气息。如果也能在这样的生活气息中，定格一些沙龙美学式的图片，以视觉帮助记忆，传递信息，也算是我目前能达到的最高能级了。与它有着相同气息的还有一本：残雪的《五香街》，也是平日里读着有点五迷三道的作品，

防滑链	供冰面使用,这次基本都是雪地,就没用上
轮胎	出于安全性(更厚)和通用性(高原通用配件更易寻找)考虑,在云南把21寸换成了19寸
充电桩	家用7kW充电桩(6小时可以充满70度电) 应急充电桩(220V插座,1小时只能充1—2度电,金沙江畔还真用上了)
牵引绳	新疆、西藏交界处的界山达坂,一时开"嗨",闯入了雪堆 圣湖边上的沙砾地,扎胎 鬼湖边上的粗沙地,让车深陷坑中

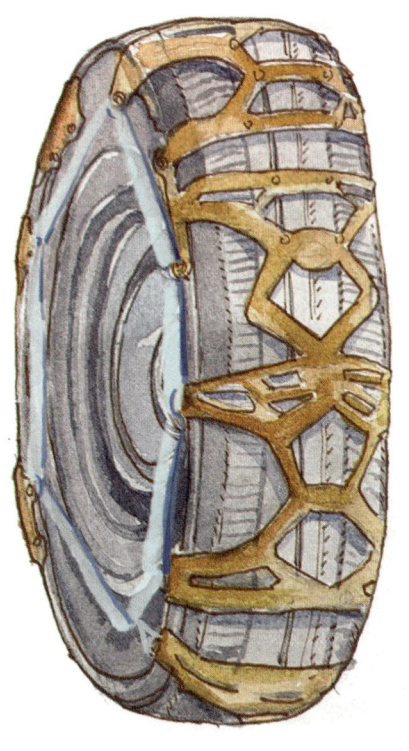

带防滑链的轮胎

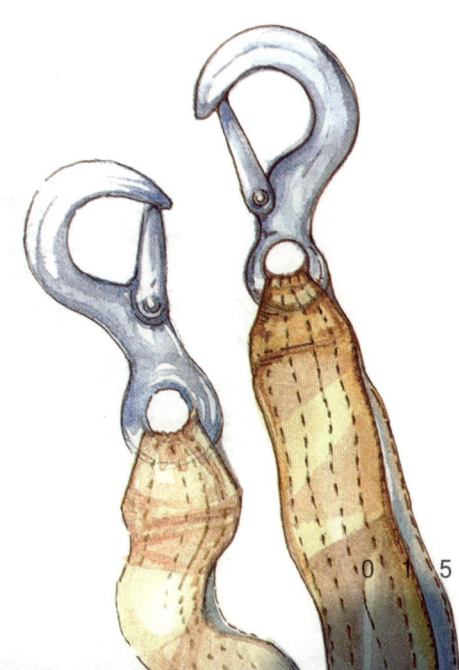

牵引绳

出发,把生活打个压缩包

滑翔伞	ITV动力滑翔两用伞、备用副伞、头盔、GPS定位器（测定经纬度及海拔）、海拔表
潜水	潜水服、BCD水肺、呼吸调节器、脚蹼、目镜、水下曲棍球装备、汽车模型
滑雪	滑雪双板、滑雪服、目镜、头盔、雪地速降伞
攀岩	攀岩靴、镁粉、半指手套
马术	头盔
漂流	充气桨板

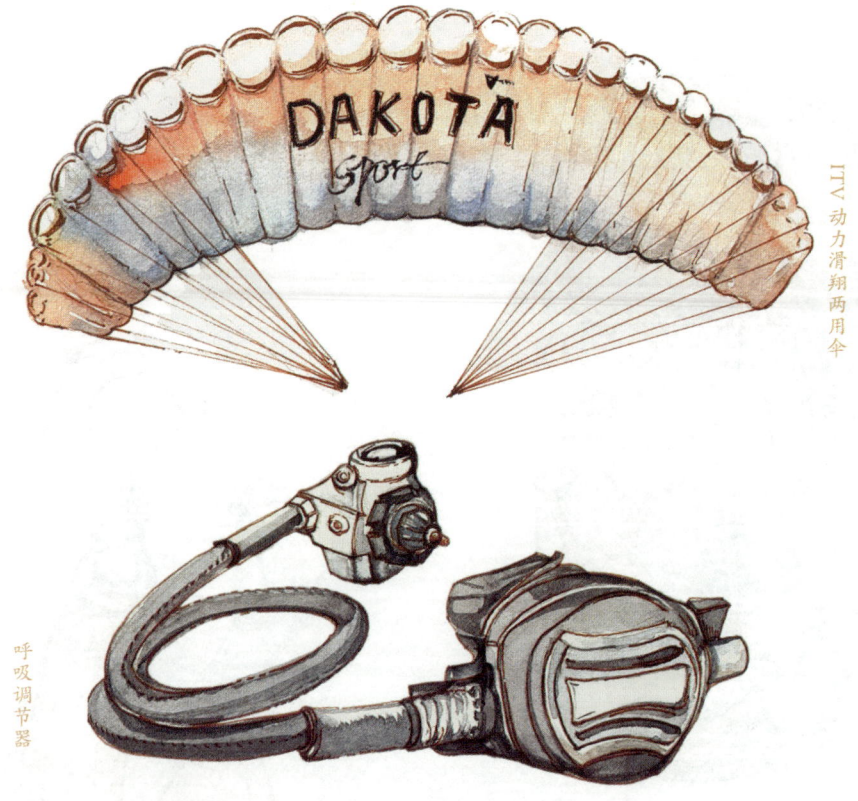

ITV动力滑翔两用伞

呼吸调节器

此处顺便提一笔。出门在外，不像宅在家里东翻西翻随便读书，就带一两本一直啃不下的，或许能因缘际会生出某些灵犀来，醍醐灌顶，恍然大悟。

ES8是这一程最忠实的陪伴，我已经不能只把它当作移动的工具了，它更是这番行走的缘起。尤其在给NOMI冠名"太奶奶"之后，更有一种携长辈出行看祖国山水的错觉，所以装备也是要斟酌妥帖的。在这一路的随行相伴中，我的作息甚至生物钟也渐渐与"太奶奶"同步起来。

马术头盔

潜水目镜

滑雪双板

**想象一种行进中的自在生活，
游离于日常例行之外。**

我作为"上天入海"各项运动的践行者，环行一路自然要折腾几场，所以随身带着老伙计走南闯北也在情理之中。

说是漫漫人生，其实也不过短短几十年，每一个瞬间都不可替代，也无从逆转，滴答滴答如水流淌，人人平等。我是一直都明白这个道理的，所以才想拼尽全力去体验和感受，从陆地到海洋，从岩壁到天空。我热衷于户外运动，几乎所有能接触到的项目都玩，其中几项玩的人还很少，比如国内较少的雪地速降伞，这套装备曾经陪伴着我一起走过欧洲、美洲、东南亚、印度洋、日韩以及大半个中国。在不同的时间和空间里，每一道印记都记录了其背后的故事。就像此时此刻及接下来的每个连接过去和未来的彼时彼刻，我总是带着我的这些老伙计们上路，一起去经历新的路程。

9月13日 武夷

余暇：闭气练习

体	预计	首次	二次
键	60s	1'02"	72"
陈	40s	54"	68"
健	38s	37"	53"
不	?	2'17"	3'

了解呼吸导致的经济事，一直不明白"龟息大法"不过在学习自由潜过程中才明白，55种以上才算入门。

远方……深圳"百里嘉""热带风暴"，"山竹"强台风，正面登陆广东。影响行程及活动飞金计划……

下午 ⇒ 行程调整为武夷 ⇒ 厦门 ⇒ 深圳

原计划到深圳15 or 16号飞车活动，延迟到18号。希望那时台风已过。

经开远山，进广州 线路取消。

纽约所140英里 CH 100号 一路车不少发现N途。

轮子上的断舍离

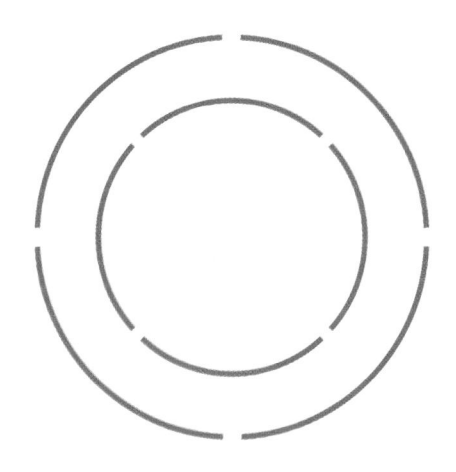

手机扫一扫
激情燃烧 / 老司机在路上

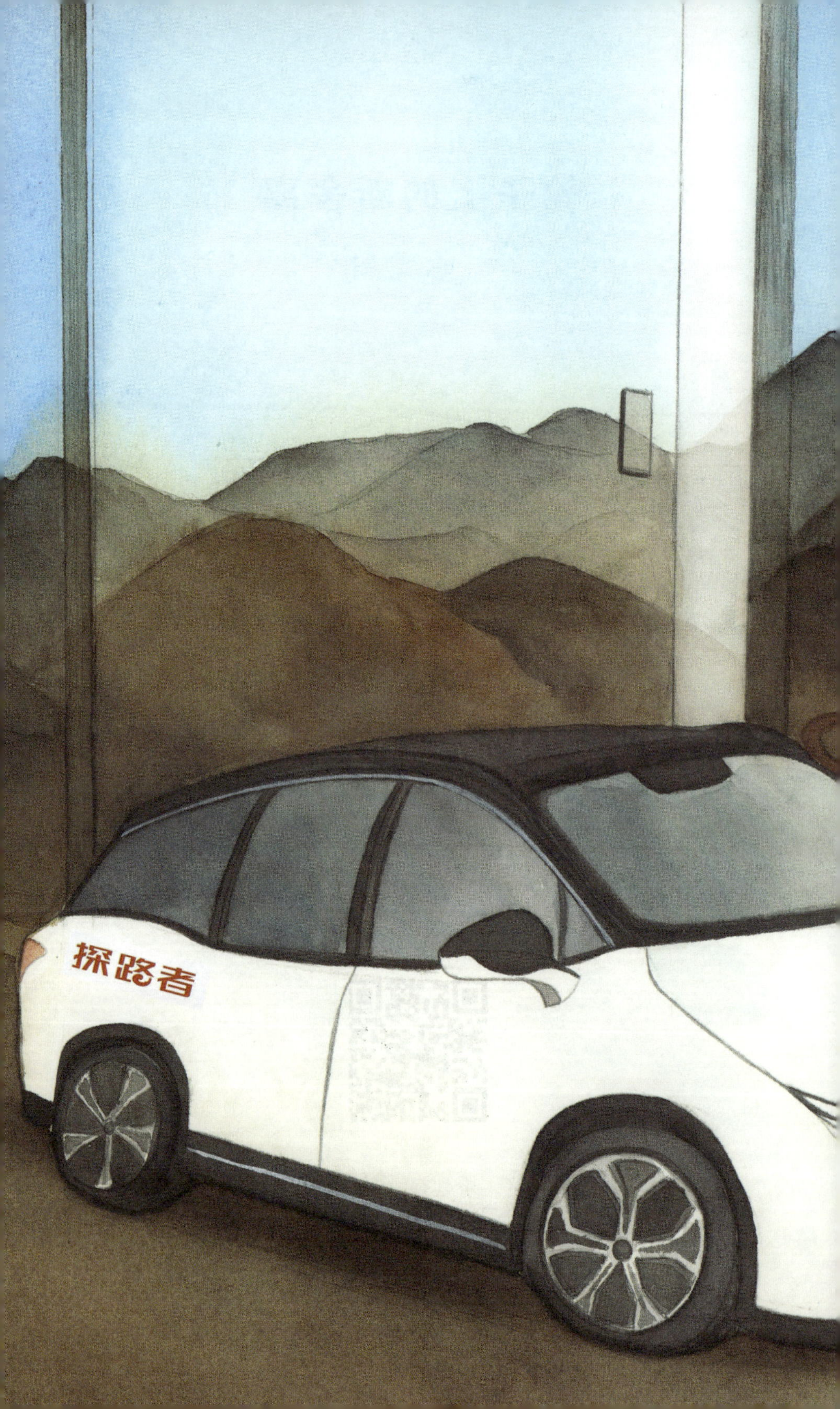
探路者

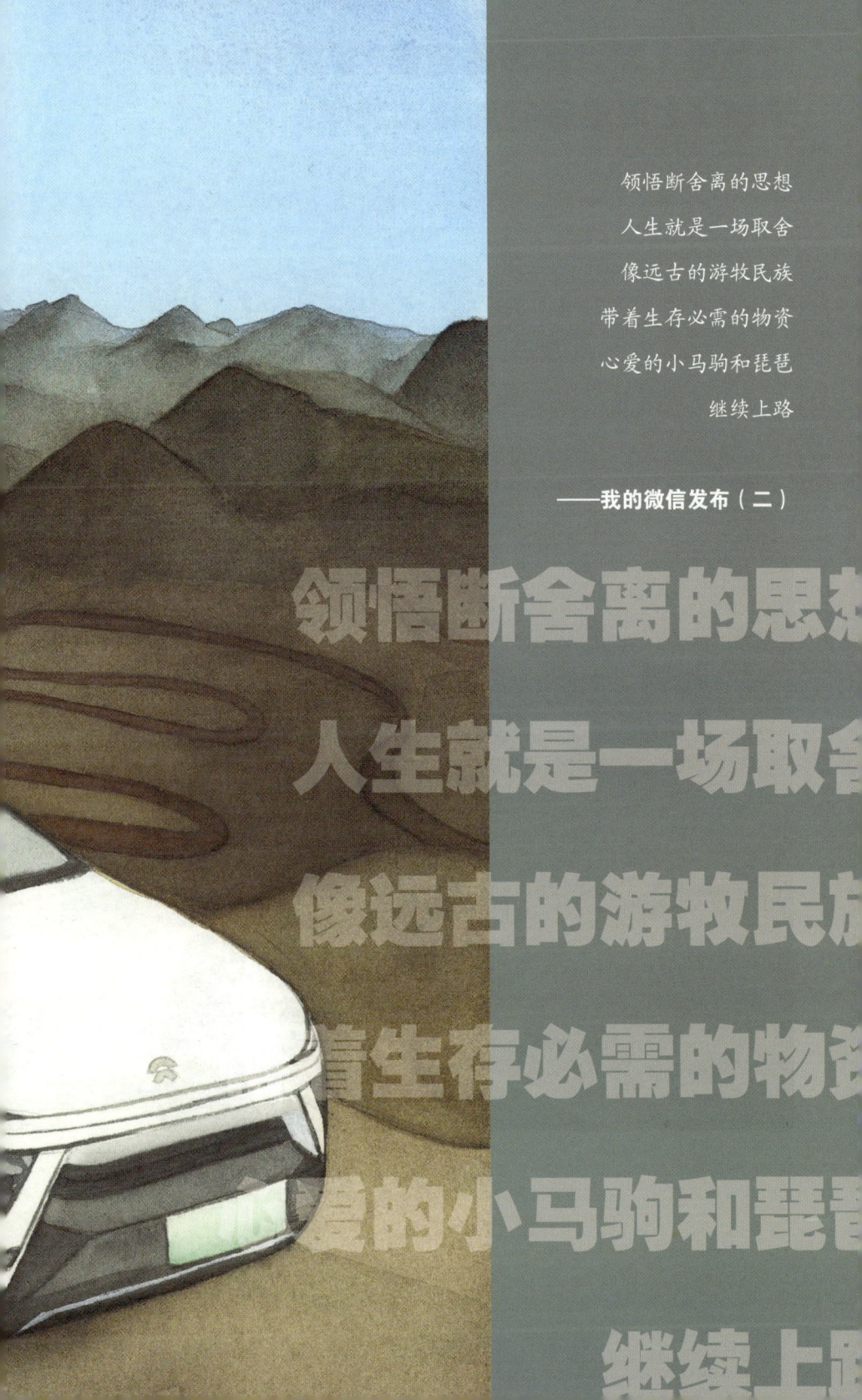

领悟断舍离的思想
人生就是一场取舍
像远古的游牧民族
带着生存必需的物资
心爱的小马驹和琵琶
继续上路

——我的微信发布（二）

这种令人难以捉摸的迷离、矛盾和瞬息万变，造就了上海最独特的城市美学。

近一个世纪过去，每当人们提到上海这个不可思议的城市，仍然找不到其他词，能比"魔都"更加入木三分。

3 霸气的地名叫"江山"

9月10日出发,抵达杭州时时间还早,而且第一次体验杭州西湖边的超快换电,无须等待充电了。为了避开第二天杭州对外地牌照的限行,以及考虑到出城时可能遇到的高峰拥堵,当夜出城。

江山是我此行驻留的第一站。刚刚起步的第一程,离开上海的第一晚,已然500公里开外,不得不感慨科技力量:不仅是速度和距离,还有时间和空间。驾驶着"太奶奶",汇入车流,如餐刀切入黄油般游刃畅达。

江山,最让人联想到的莫过于"江山如此多娇"。这既是一幅鼎鼎大名的画作,更是一句耳熟能详的名言。1936年,毛泽东作词《沁园春·雪》,以博大的胸怀写景、论史,抒发了对祖国壮丽山河的无限热爱,表达了他的豪情壮志。"江山如此多娇"语出此词,因为有着深厚而丰富的色彩,被人引用不辍。而在我看来,夜间的江山市也"如此多娇",看起来更添得几分妖娆。比起我司空见惯的"魔都"上海的夜色——霓虹闪烁,灯红酒绿,有着别样风韵。

还是应该交代一下我的出发地"魔都"吧。现在上海被很多人称为"魔都",其实是老调重弹,100年前这个称谓就已经风靡过了。20世纪20年代中期,日本作家村松梢风把他在上海租界内外的所见所闻记录下来,出版

峡口镇神奇的"峡里风"凉爽宜人,堪称避暑胜地。

了一本书《魔都》。"魔都"一词从此成为上海的别称之一。上海,的确是一座错综迷离的魔力都市。近一个世纪过去,每当人们提到上海这个不可思议的城市,仍然找不到其他词,能比"魔都"更加入木三分。上海就是"魔都","魔都"就是上海,这在从前毋庸置疑,时下依然如是。

为什么"魔都"如此贴切?上海的"魔性"又在哪里?人们的答案却千差万别,以至于整个城市的形象,似乎也极其复杂而混沌。这种令人难以捉摸的迷离、矛盾和瞬息万变,造就了上海最独特的城市美学。城市社会学家芒福德曾说:"贮存文化、流传文化和改造文化,这就是城市的三个基本使命。"而上海,确实做到了。现在,上海,我生活工作的地方,人们把它称作"魔都"——"魔力之都",一个让人着魔的城市,仅此而已。

我离开上海后驻留的第一站,是距离杭州200余公里的江山市。江山素有"东南锁钥、入闽咽喉"之称,位于浙闽

远离喧嚣，返璞归真。

赣三省交界处，是浙江省的西南门户和钱塘江源头之一。

江山这个名字霸气！霸气自有霸气的道理：江山地貌类型多样，以山地丘陵为主——"七山一水二分田"，有典型丹霞地貌景观江郎山——"雄奇冠天下，秀丽甲东南"。江山先后被命名为"中国猕猴桃之乡""中国白鹅之乡""中国白菇之乡""中国蜜蜂之乡""中国水泥之乡""中国木门之都""江南毛氏发祥地""毛泽东祖居地"，首个"中国村歌之乡""中国幸福乡村"——种种头衔还能再多点吗？霸气！

江山市西南部的峡口镇距市区40来公里，是进入福建的交通要道，在深山峡谷之口，也是须江的源头。每次到访，"江山佬爷"剑波同学都好酒好菜好茶伺候，这对我好像更具现实意义。几年前和几个飞行老友欲在此地筹建飞行运动爱好者的通用机场，考察多次，虽未能最终落地，但与峡口的缘分，就这样续上了！峡口，新石器时期人类就在此地繁衍，天姥连天向天横，势拔五岳掩赤城。

镇域的肩头垄有商周时期的文化遗迹。上海博物馆里有一座100平方米的三卿口古瓷村微缩模型展示其原始风貌。至今，村里还保存着宋代瓷窑作坊。镇边有一处相当漂亮的景观——峡里湖，是一个依高山峡谷而建成的人工湖，在我看来更像一条舞爪的龙。湖两岸青山环绕，岸线绵延曲折，波光流影，引人入胜。峡口镇也因此有了得天独厚的消暑降温功能。这里夏日平均气温仅29摄氏度，犹入清凉世界。水库似乎离城市人的生活太远，它不来，我就驱车前往吧。等下次再来

> 理想中的远方有时并没有
> 那么远，
> 只看你有多想罢了。

时，我一定要潜探，探个究竟；而这次，没——备——气——瓶——

理想中的远方有时并没有那么远，只看你有多想罢了。行李和装备把车里塞得满满当当，硬是把一辆三排七座SUV装载得剩一排两座，像一次游牧版的"断舍离"。

日本山下英子创作的《断舍离》是我读过的很少的一部家庭生活类著作。"断"，指断绝想买回家但实际上并不需要的东西；"舍"，指舍弃家里那些泛滥的破烂；"离"，指脱离对物品的执念，处在游刃有余的自在空间。

我所理解的"断舍离"的对象是自己而不是物品，核心在于想明白物品和自己的关系。家居物品的整理收纳，是现代人对生活的重要态度。这与其说是一种健康的生活方式，毋宁说是一种思考法则，你甚至可以把它提升到心灵修行的范畴。从关注物品转为关注自我，并重新认识和改变这种视野之内的个人世界，是完全可以让人从外在到内在焕然一新的。

一路梦想一路歌。

4 用力，远方就在身边！

在此首先说说汽车营地。这是源自现代西方的舶来品，实际上是观光旅游向休闲度假旅游过渡的产业。

汽车营地通常选在交通发达、风景优美的地方，算得上是一处休闲度假区，专门为自驾爱好者开设，提供自助或半自助服务。汽车营地开展的多为参与性较强的活动，满足人们在紧张工作之余，远离喧嚣、返璞归真、放松身心的需求，因此深受自驾旅游爱好者的喜爱。休闲度假产业的发展在一定意义上反映了一个国家或地区的经济发达程度，是社会经济发展到一定层次的产物。大部分有休闲度假需求的人都是

千年镜岭镇,水清如镜;"穿岩十九峰",山幽岭峻。

中产阶级,物质条件较好,喜欢引领、追逐流行时尚,所以推出汽车营地正是恰逢其时。不过,自驾者其实更稀罕鸟不拉屎的偏僻之地,在意其与众不同。

此次环行伊始,我在浙江这一段驻扎汽车营地。而后的路途,更多要考虑充电问题,基本上就偏重于城市核心区域,以满足续航的电能补充。

带着一路梦想一路歌,趁着人少,趁着天凉,9月12日**行经新昌**。

新昌县在浙江东部,隶属绍兴市,东邻奉化、宁海,南接天台,西南毗连磐安、东阳,西北与嵊州接壤。新昌历史悠久,春秋战国时期,新昌县境先后属越、吴、楚等国,秦

> **我所理解的"断舍离"的对象是自己而不是物品，核心在于想明白物品和自己的关系。**

代起属会稽郡，五代南梁时，分剡东的十三乡置新昌县。

闻名遐迩的天姥山风景名胜区就在新昌城关的西南。

诗仙李白有一首记梦诗《梦游天姥吟留别》云："安能摧眉折腰事权贵，使我不得开心颜！"语气铿锵，态度明朗、率性、真挚。"天姥连天向天横，势拔五岳掩赤城。天台四万八千丈，对此欲倒东南倾。"李白丰富奇特的想象和夸张大胆的手法，是无人能媲美的。李白倒也并非喝多了酒，任思绪在晚风中飞扬，胡编乱造。"霓为衣兮风为马，云之君兮纷纷而来下。虎鼓瑟兮鸾回车，仙之人兮列如麻"等神幻景象竟然都能在神仙居景区一一找到对应，可见此诗确是来源于生活的艺术升华，淋漓尽致、生动形象地描绘了天姥山的非凡气势。

浙东之隅，新昌西南，剡溪源头，有一处山水福地名叫镜岭镇。这是一个千年古镇，历史悠悠，回响着唐诗文化的遗韵。不知是慕名而来的趋之若鹜，还是兴之所至的情有独钟，李白、杜甫、白居易等四百多位唐朝诗人，先后不约而同地走在浙东这条山路上，沿途到处是盛情多彩的花儿开放，香消过后，留下千余首唐诗。这里是中国山水诗、山水画的发祥地，也是浙东"唐诗之路"首倡地和精华地。镇内还有国家 4A 级旅游景区"穿岩十九峰"、国家地质公园安溪—王家坪硅化木群地质遗迹、中国传统村落外婆坑村等，也是值得走走停停的好景。

镜岭镇境内水清如镜，山幽岭峻，得天独厚的条件，让这里产茶、种茶、饮茶的传统悠久。"南方有嘉木，新昌有好茶"，新昌是中国茶文化发源地之一，南朝宋人刘敬叔《异苑》云："剡县陈务妻，少与二子寡居，好饮茶茗。以宅中有古冢，每饮，辄先祀之……"这是境内最早栽茶、饮茶与祭茶的记载，距今约有1600年历史。一直以来，茶文化与儒、释、道相融合，以"禅茶之祖"支遁为代表的十八高僧和以王羲之为代表的十八名士在此品茗论道，结庐讲经，形成源远流长的禅茶文化，"支公茶风"影响了唐代茶道。唐代诗人走过路过剡溪、沃洲、天姥，免不了留下几首茶诗名篇。据说"茶圣"陆羽也多次溯剡溪考察，为他的传世之作《茶经》准备第一手资料。新昌一路发展走来，获得"中国名茶之乡""中国茶文化之乡""全国重点产茶县"等荣誉。

真是个好地方。镜岭镇的暖谷山正对"穿岩十九峰"，我想我应该很快会再来，并在这条"唐茶诗路"上，也搞个电动汽车露营地出来。名字我都起好了，暖谷山，暖谷营，多暖心的名字。

5 流浪的心，问茶而得茶道

以我自己为例，自驾者多是不服安排和管教的——他们带着四只轮子，带着可以遮蔽风雨和调节冷暖的铁皮壳子，不管是铺设好的公路还是开多了才有的路，都一往无前。

至于住，城市游也有住五星酒店的，但路上行住合一似乎更符合自驾者的气质。山坳是汽车营地的好选择，避着日头，享着清净悠闲，似是山里的仙人，远离城市的喧嚣。晚上展一张躺椅，生一处篝火，握一瓶冰啤酒，三五好友，笑声好像可以通天。明日醒来，又是新的旅程和远方。

大多数人都有这样"间发性流浪"的情结。流浪就是流转各地，行踪无定，居无定所。流浪的定义很模糊，仔细划

推开虚掩的门：驶向未来

暖谷山，暖谷营，多暖心的名字。

分并没有什么意义。

许许多多所谓心在流浪、灵魂在漂泊之类的说法还是歇了吧,太矫情了,流浪是身体在行动的,不是整天闲下来没事做耽于幻想的那种。

在路上,总是要遭罪的,有许许多多意想不到的困难。

真正在流浪的人都渴望有一个最终的目的地,有一个属于自己的家,所以他们背上包去寻找、去搜索,但结果大多还是回到了起点——那个他们曾经离开的家。他们都明白,真正的幸福就在这个起点上,只是曾经的自己没发现罢了。

汪峰的《流浪》,我印象很深:

> 曾经空寂的小巷
> 洒着似水流年的灿烂时光
> 没有伤痛和恐惧
> 没有霓虹闪烁的悲凉
> 如今儿时的街道
> 变成钢筋水泥的欲望丛林
> 只有孤独的你我
> 伴着奇幻壮丽的旷世彷徨
> 从明天起我愿孤独一人
> 让这纷乱的人生变得简单
> 走走停停看看这个世界
> 向着春暖花开的远方流浪
> 有人曾在歌里唱到
> 答案早已就在那风中飘扬
> 如今我们都已长大

流浪者要不断地行走与漂泊，因为只有在路上才会充满希望。

依然那么满含悲伤地迷惘
如果我能够选择
我要挣脱这满身的枷锁
如果我可以飞翔
……

词作者通过对村庄、农舍、教堂、树木、天空、小桥等景物的描写，表达在纷乱现实面前迷茫彷徨的苦恼，寄托返璞归真的人生理想。我一直收着这歌，路上也一直在听，因为我真的可以飞翔。

流浪与旅行不同，流浪是没有目标的行走。流浪者在一

流浪，是无家可归的人四处漂泊，饥寒交迫，只为寻觅一个温暖的栖身之地。

流浪，是一个人背着行囊，行走在陌生的地方，无拘无束，逍遥自在。

流浪，是放飞自己的心灵，任其飘荡在旷野之上，毫无精神负担。

流浪，真的只是抛开了过多的需求，简简单单地活下去。

流浪……

个地方待久了，会感到迷茫与无助，所以流浪者要不断地行走与漂泊，因为只有在路上，流浪者才会充满希望。

流浪，是无家可归的人四处漂泊，饥寒交迫，只为寻觅一个温暖的栖身之地。

流浪，是一个人背着行囊，行走在陌生的地方，无拘无束，逍遥自在。

流浪，是放飞自己的心灵，任其飘荡在旷野之上，毫无精神负担。

流浪，真的只是抛开了过多的需求，简简单单地活下去。

流浪……

或许每个人心里都有一个属于自己的流浪的概念，都不尽相同。但其实，流浪既代表一种状态，又是一种精神，也是人生的一种境界。

浪迹天涯，去每个想去的地方。

曾几何时，有人问我，将来最想做的事是什么？我当时脱口而出："去流浪。"

为什么会有这个奇怪的想法呢？

为什么？说实话，我心里也没有明确的答案。或许只是思想上的一种冲动，总觉得在一个地方待久了会产生厌恶感，因此向往自由，向往他乡澄澈的蓝天、广袤的海洋、辽阔的草原、温软的沙漠。所以就想四处流浪，到处走走，到处看看，给自己的身体和心灵放一个假。

或是漫步在一望无垠的草原上，看飞马驰骋而过，晚上坐在松软的草地上，数天上的星星，享受难得的宁静。或是畅游在碧海蓝天间，毫无顾忌地光着脚丫，悠然自在地行走在湿软的沙滩上，一边拾千奇百怪的贝壳，一边聆听海的歌声。或是穿梭于各个喧闹的古城之间，踏着古人的足迹，寻找历

茶，是融入中国人血脉的，恍惚间似可通达古人。

史遗留下来的文化气息，领略华夏文明。浪迹天涯，去每个想去的地方，多去看看"无字天书"，相信从大自然中也能汲取到力量和知识。我从未真正地流浪过，因此也不能细数流浪者的心声。或许流浪真的很辛苦，因为只有孤身一人，一路走来要独自面对所遇到的艰难困苦，一个人承受所有的压力与痛苦；又或许流浪是一件幸福无比的事，一个人逍遥自在，非常自由，没有任何束缚，没有任何负担。但我相信其中的酸甜苦辣只有真正的流浪者才能体会。即便是这样，我依旧向往有朝一日自己能去流浪，抑或是心灵上的放逐。一个人流浪在异乡的街头，望着的虽然依旧是同一片蓝天白云，但一路走来留下的都是此生的经历。

　　9月12日入住**武夷**。曦瓜茶园与武夷香江茗苑，是喜茶者选择的停留之所。在这里可以赏一出斗茶表演，可以近距离看看各种茶树，也可比画着拿起茶盘摇一把青。周末了，泡壶茶，再加一勺思想，虚而度之……守一席茶，问问夕阳，想想余生。

茶，是融入中国人血脉的，恍惚间似可通达古人。

朋友黄懋宇的祖上就是做茶的，他从小在茶叶堆里打滚长大。他家的茶园也没有多大，只是三千普通农家制茶作坊之一。黄懋宇生在武夷福地，对武夷的历史文化也有着浓厚的兴趣。他的副业是导游，给慕名而来的游人宣传茶文化以及朱子理学思想，既是爱好也是工作。他对茶的感悟比较直截了当，认为适合自己口感的茶叶就是好茶，过分追求品牌和山场是近年来茶商炒作的结果。我对于茶是不太讲究不太敏感的，他认为这不是我不喜欢喝茶，而是我还没有找到一

千载儒释道，万古山水茶。

推开虚掩的门：驶向未来

守一席茶，问问夕阳，想想人生。

款适合自己的茶。同为武夷山风景区范围内的茶被划分成三六九等，每个山头都有自己独特的底蕴，并非贵的茶就一定好喝，"茶无上品，适口为珍"。对啊，寻找适合自己的与之相伴，诸事皆然！

"千载儒释道,万古山水茶。"武夷山的奇妙在于它不仅是世界自然与文化遗产地,也是世界六大茶类中红茶、乌龙茶的发源地,还是中国工夫茶的发祥地。其悠久而丰富的茶文化与自然美景相映成趣,与儒释道文化互相融合,相得益彰。

武夷岩茶是中国传统名茶,是具有"岩韵"品质特征的乌龙茶,尤以大红袍、白鸡冠、铁罗汉、水金龟等著名,最闻名遐迩的首推大红袍。

大红袍的有名,还因为由来已久的纷纭传说。其一说:大红袍茶树受过皇封,御赐其名,故当地县丞于每年春季亲临九龙窠茶崖,将身披的红袍脱下盖在茶树上,然后顶礼膜拜,众人高喊:"茶发芽!"待红袍揭下后,茶树果然发芽,红艳如染。其二说:相传清朝时候,有一文人赴京赶考,行到

黄懋宇的话：

程舒与我见面是朋友介绍，相处时间不长，在交谈中给我的第一印象是尽管阅历丰富，但依然求知若渴。看得出来，他是个有故事的人，细节当中更觉得是个有情调的人，很和善，聊得来。

我和他一同前往武夷山景区取景时乘坐 ES8。打开车门整体感觉很简约，空间比普通 SUV 大得多了。启动后发现大多数功能是全智能的，不需要按键，用语音就可以操控。前排副驾驶有种坐按摩椅的感觉，真皮座椅，中控位置做得很细致，挺喜欢的。听说电池充一次可以跑 300 公里，还是很不错的。浙江—上海段有另外一种电池服务，直接更换满电电池，无须等待，而且目前还是免费，我想这应该就是这个车的特色吧。记得在超车时，那提速时的推背感好像坐过山车一样，爆发力十足，因为没有体验过那么强大的电动车，开始没有心理准备，确实吓了一跳，感觉时速从 0 升到 100 公里大该就用了三五秒钟吧。

祝程舒大哥"环行中国"一路顺风，多拍些好看的照片。我每天都关注你的旅程，期待下次相聚。

九龙窠天心永乐禅寺，突发腹胀，腹痛不已，后经天心寺僧赠送大红袍茶，饮后，顿觉病体痊愈，得以按时赶考，高中状元。为感念此茶治病救命之恩，新科状元亲临茶崖，

拿起茶盘摇一把青。

焚香礼拜,并将身披的红袍脱下,盖在茶树上,大红袍因而得名。其三说:大红袍因春芽萌发的嫩芽呈紫红色,远远望去,茶树红艳,因而得名,历史上亦有"奇丹"之称。

值得一提的是,武夷茶作为中国茶的杰出代表,其内涵已远远超过它作为茶叶本身的物质属性,而成为一种社会文化。日本茶道的演绎方式即源于唐宋时期的武夷茶。

变化总比计划快。原本计划重游中国最出名的丹霞地貌——丹霞山,上一次造访大概是十年前了,但"百里嘉"热带风暴和强台风"山竹"要来了,是避开它们,日行千里(550公里)直抵广州西行,还是迎上去与它相会?

9月18号　　深圳

　　小鹰嘴飞车基地初人：光混、阿强。光混是我首次去小鹰嘴飞车的引路人。阿强是鸟人中的佼佼者。飞各种伞、滑翔、动力、更是翼装，甚至硬翼滑翔实践者（世界仅5位，中国只此一枚）首次认识他是在巴厘岛。惊呆于他在树梢甚至掌心留停的能力，真是"鸟人"！！

　　今天飞行活动，应该有不少帧片，没想到台风刚逝，风和日丽，简直是鸟人们的专属天气……

　　晚上赶回NIO屋，深圳车站大厦的薪来坐，几位垫情车友，一直等待、今夕。薪友更似同一俱乐部成员！EMBA的同学也来到NIO屋，"终于我终觉到"一拒！莫非，成了我的下一个朋友！

　　生活似一个个屏视窗，你不点开，再精彩也与你无关。无缘的你啊，当你一次次漠视的走过，一生只留下不断重复的荒叶……也许你在程式般的生活中太久了。

　　这其实是一次比较乏味的独旅程。所以我将尽可能的呼朋唤友，碰一些与不一样的碰动。也许常深涵在别人的视线里，也是一种不错的历程。情添些持续下去的憨情。

　　晚庄买提前出城，还礼物、别友。明心过虎门大桥。

　　一路向北，继续我们闰行漫记……

开着开着就飞上了天

手机扫一扫
激情燃烧 / 老司机在路上

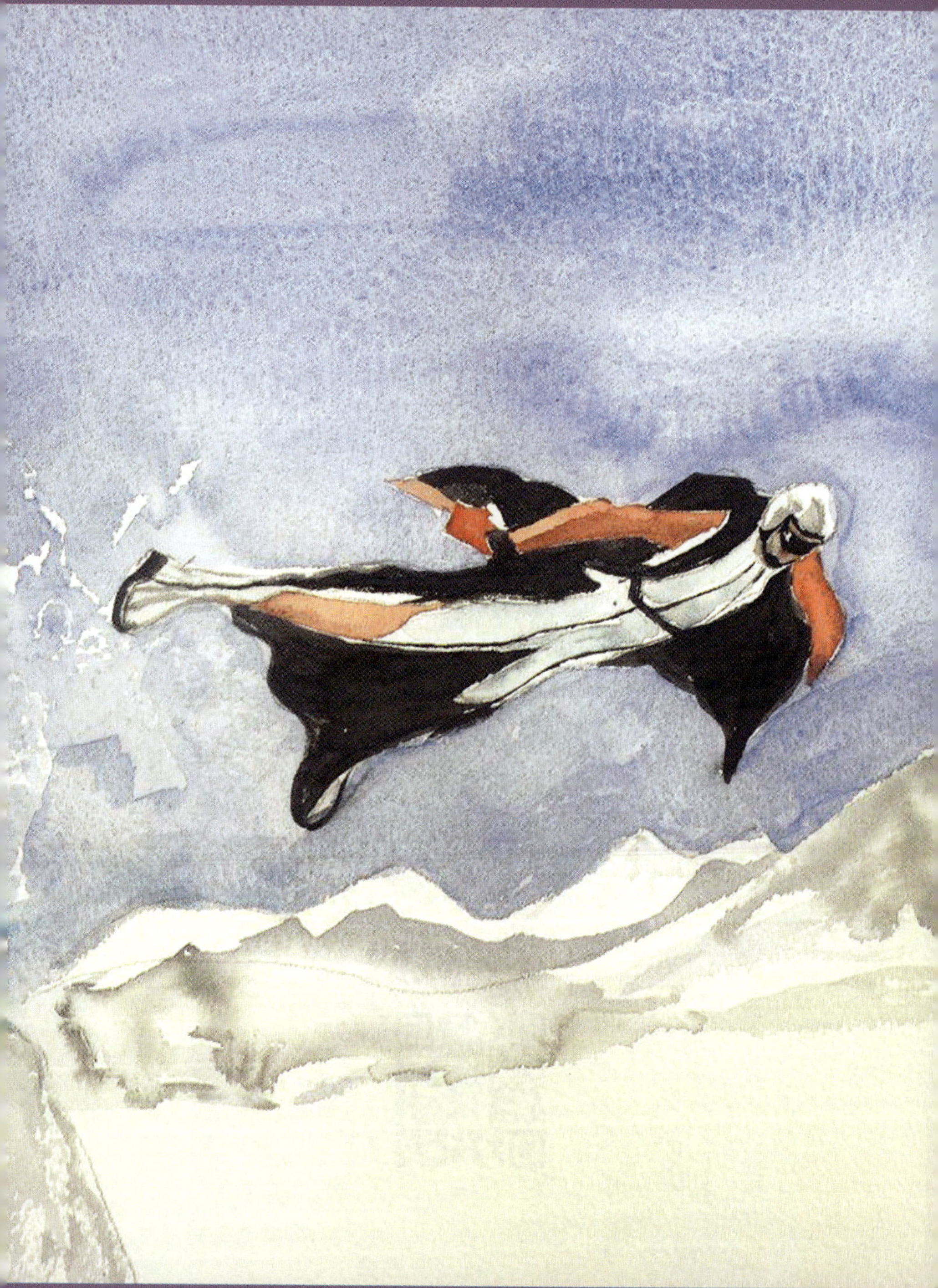

闲来转转山
让疲惫的心灵在山林净化
余暇逛逛天
让忙碌的身体在天空放松
上天入海
体验世界厚度

——我的微信发布（三）

6 和台风"山竹"赛跑

去深圳的目的绝不仅是为了会"山竹"。

深圳是我曾经生活了整整八年的城市,是我的另一个故乡,目前我家三口还是深圳户籍。很多友人至今不解当年我为什么会再次放弃上海户籍。其实就像我高考时,所有志愿都填的非沪高校一样,不是我和上海有什么过节,而是在那个人员流动异常困难的年代,我认为,如果不利用大学的几年,好好体验一下非上海生活,我可能永远无法切身体会外面的世界。大学四年在长沙,毕业后迁回上海,两年后再次迁徙。不过我知道早晚一定还会回来的。好在现在的社会早已淡化了户籍这种源自农耕文明的禁锢。

但是我的行程滞留在深圳,就是因为这场台风"山竹"。本来,我是笃笃定定地预备赶"百里嘉"而超"山竹"的。

"百里嘉"的意思是"风浪拍打之下的海岸",是2018年太平洋台风季第二十三个被命名的强热带风暴,此前2013年的台风"尤特"给亚洲地区造成重大损失,所以在世界台风委员会年度会议上遭除名,由美国提供的"百里嘉"取代。

我本以为台风"百里嘉"会赴约,带来一场狂风暴雨,结果想好的"风里雨里,深圳等你"猝不及防地竟然被它放了鸽子,说好的台风就这么擦肩而过了。"百里嘉",我真的对你很失望!

台风中,这个像是被按了定格键而停摆的城市,经历了一场残暴的天灾,一片狼藉。

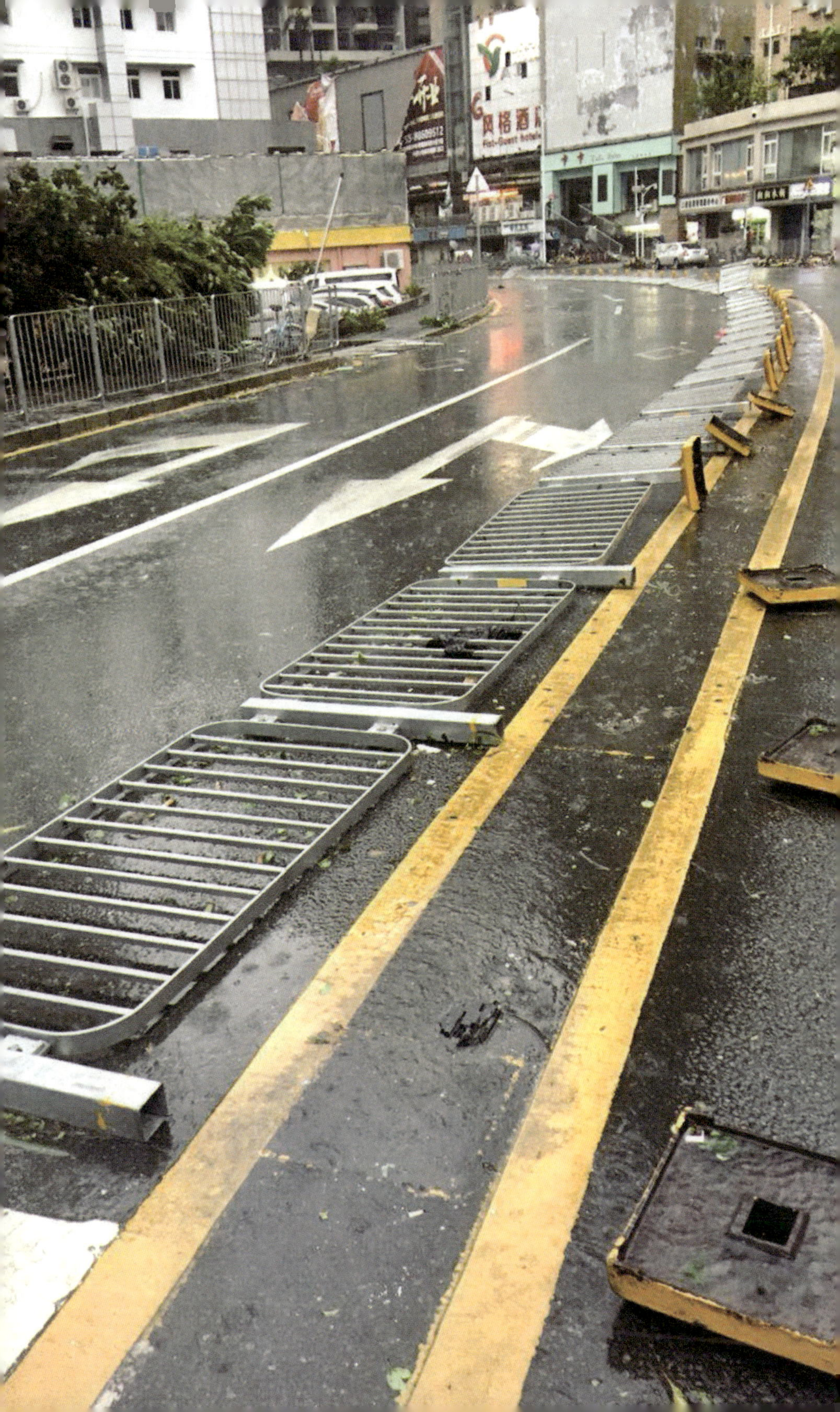
风格酒

还真是不能这么发嗲的，真是不能这么叶公好龙的。

前脚"百里嘉"刚刚过去，后脚"山竹"已开始发飙。2018年9月4日，一个低压区在国际日期变更线以西海域形成，三天以后，升格为热带风暴，并被命名为"山竹"。9月15日"山竹"从菲律宾北部登陆，广东省防总将防风应急响应提升至Ⅰ级；16日在广东台山市海宴镇登陆，登陆时中心附近最大风力达14级。所以"山竹"这个词，对于2018年9月的深圳来说并不是美好的回忆，这一场直径1000公里、强度最高达17级的超强台风给当地造成伤害无数。

我自9月10日出发，还未满一周。此时此刻，我和我的"太奶奶"面临两种选择：一个是绕行内陆，先到丹霞山，待台风过境再抵达深圳；另一个是沿海疾行，从武夷经厦门到汕头，争取在台风登陆前赶到深圳。我是"臭名昭著"的有组织无纪律者，也被这后来说起来是2018年的最强台风撼了心神。倒不是自己手忙脚乱，而是收到了来自亲朋好友的无数警告：安全至上，不要乱来。于是我不断调整行程，目标变得极其单纯——去见它！但我要调整到最佳时刻抵达。

我好像习惯了我行我素，在所有航班列车停运、市民们安分守己在家避风头的时候，"顶风作案"。一路狂奔的结果，是终于心想事成不辱使命，赶在"山竹"登陆的前一天抵达了深圳，像是特地去赶一场大自然的现场演出——真没错过！

9月15日，我如期抵达深圳，赶在30年以来最强台风"山竹"登陆前一日前往小鹰嘴，在台风前锋里起伞试风。好在用的是抗风能力很强的雪地速降伞，大险我是不冒的。飞翔得等台风过后再看情况。16日世纪最强太平洋恶魔"山竹"如期而至！晚上，我在朋友圈里留下了这么一段话："顺势

"山竹"来得猛，去得也快。

而为，乘风而舞；驭欲而行，弃执而生。"

　　台风来袭的 16 日白天，当地所有人都躲在家里听门外呼啸的风雨声，其他城市的人则通过网络用不同方式关注着这场天灾。我去车上拿备用东西的时候，才发现体重对于生存的重要性。酒店门前盆口粗的几棵大树被连根拔起。肆虐的狂风吹得我根本不敢动弹，只能坐在车里避风头，等风力稍稍减弱，才赶紧摸回酒店继续"宅"。像是全城同时放了一天只允许待在家的假，强台风又穷凶极恶地把每栋楼或每幢房子都隔离开来，就是逼着你原地待命，独自处之。

在我国古代，因缺乏相应的科学知识，也没什么防御措施，台风往往造成重大损失，人们认为这是上天的惩罚。现代人们对台风有了科学的认知。台风破坏力极大，其能量相当于一颗氢弹的几倍甚至几十倍。现代台风的叫法，世界各地有所不同，中国以及东南亚各国叫台风，而美国、加拿大、加勒比海等地叫飓风。从2000年元旦起，只要是活跃在西北太平洋地区的台风，都要使用亚太十四个国家（地区）共同认可的新名称。由于命名国家不同，台风的名字五花八门，不过多为文雅、和平之意，如茉莉、玫瑰、珍珠、莲花、彩云……我国为台风组织选用的十个名字充分体现了民族特色，大多与神话传说、民间故事有关，分别是龙王、悟空、玉兔、海燕、风神、海神、杜鹃、电母、海马、海棠。

就我知道的情况是，2014年第九号超强台风"威马逊"三次强势登陆我国，成为中华人民共和国成立以来登陆中国的最强台风。2012年第七号热带风暴"卡努"也是我记忆中特别厉害的。但是说实话，这次的台风才是我亲眼见识、亲身经历的最大台风。16日，"山竹"造成了广东、广西、海南、湖南、贵州五省（自治区）近300万人受灾，直接经济损失52亿元，由此可见其灾害性巨大。由于"山竹"对菲律宾和中国华南地区造成严重影响，在后来的台风委员会年度会议上，"山竹"成了继"莫拉克""凡亚比""彩虹""天鸽"之后，第五个遭到除名的替补名。

不过"山竹"来得猛，去得也快。17日当晚，强度继续减弱，并远离广东省到达广西百色市境内，18日认定其完全消散。

台风中，这个像是被按了定格键而停摆的城市，经历了一场残暴的天灾，一片狼藉，而躲在酒店或家中的每个人都是这幕犹如末日惨剧的亲历者和见证者。这些停摆的时光，当时的喜怒哀乐、心惊肉跳，事后想起，还是别有一种苦涩的滋味。只有那让人备感安慰的ES8座驾"一键维保"服务，依旧顽强运作着。依靠可靠的专业后援技术，只一个晚上，就把高速上被砸出黄豆坑的前挡风玻璃换好了。

16日当晚我出门去找吃食，其实更多的是想看看"案发现场"。行走在室外像是蛇行在森林里，到处是被风吹断的大树横亘眼前。南方的绿化多是粗大的树，经久延年，看过许多岁月。人类总是以建筑的现代文明来标榜征服自然荒蛮所取得的成就。而这一次，城市和自然被一种粗暴的力量不由分说地重新糅合在了一起。人类浇灌的钢筋水泥丛林，竟成了另一种"帮凶"。99%的店都关着门，小巷中居然还有一家坚持营业的潮汕牛肉火锅店，生意爆棚。每个兴奋而勇敢的觅食者都相视而笑，露出似有所悟的表情来，仿佛自有一种默契。

城市管理者实在神速。17日早上，绝大部分倒下的树干已被截成小块堆放在路沿边，被台风吹倒的长达几百米的隔离栏基本被扶正；道路能够通行了，外地车辆还能申请多一天免于限行。

之后想想，无论此时此刻，还是过去将来，天时地利人和，排在第一位的终究还是天时。凡人如己，尽人事便是最大的争取。

上天大约是所有陆生动物的梦想。

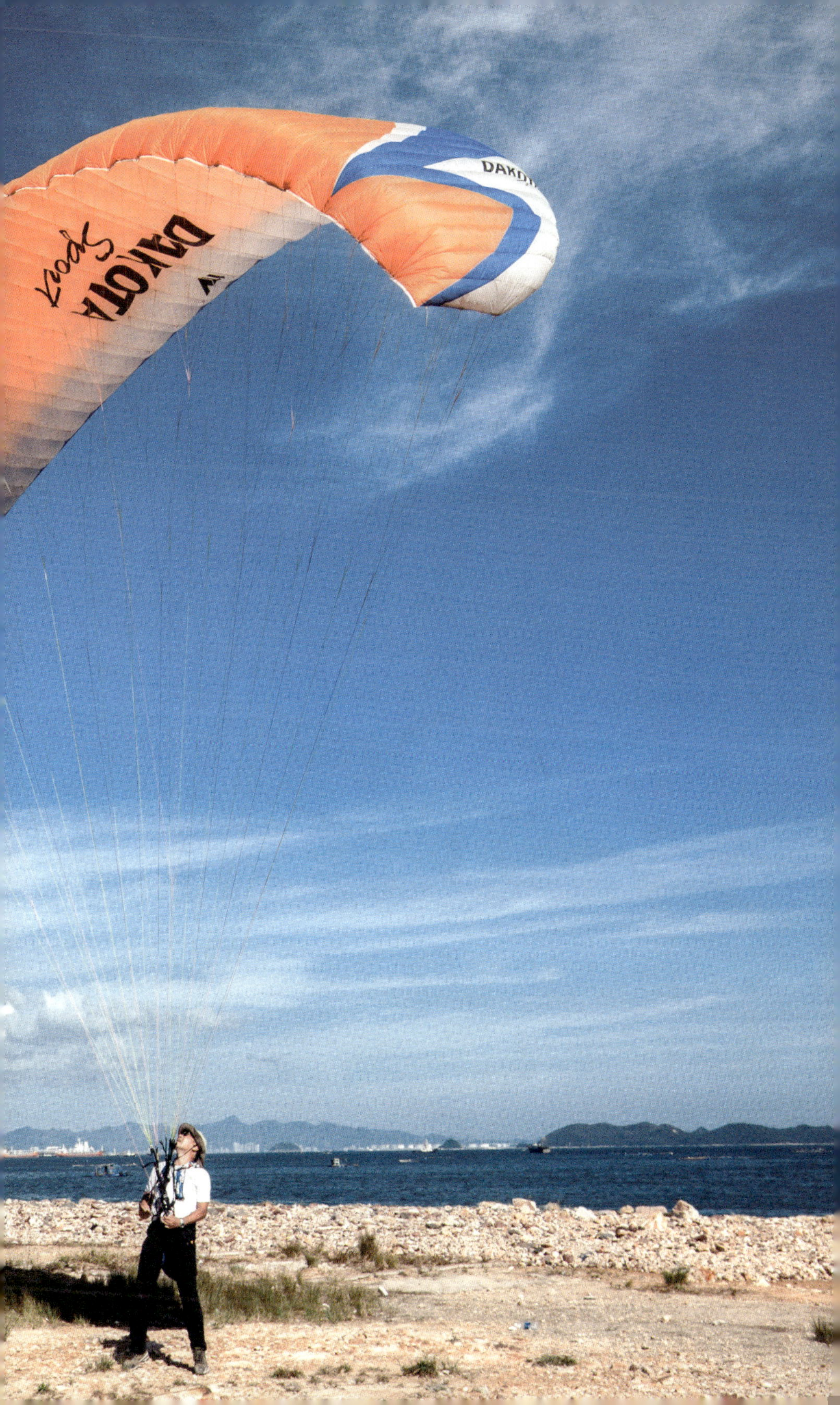
DAKOTA
Sport

在雪地上飞和在沙漠上飞,既有异曲同工之妙,也有截然不同之处。

7 多配置一些上天的可能

我总是觉得上天大约是所有陆生动物的梦想。飞翔就是为这个梦想度身定做的一个词吧,既是名词,也是动词。

很久以来,人类就为寻找一双飞翔的翅膀做过无数次探索和努力。在中国大地上,留下了像"驾车遨游太空""嫦娥奔月"等许多关于人类尝试飞行的美好传说。

羽人,即飞仙,是幻想出来的身长羽毛或披着羽毛外衣能飞翔的人。中国古代神话中的飞仙,最早出现在《山海经》中,也称羽民。和别的仙人不同,他是有翅膀的。1978年5月,湖北随县发掘了曾侯乙墓,内棺侧板有一个人面鸟身的局部图像:他头戴两尖帽冠,双翅舒展,一手持戟,腹部装饰着鳞纹,尾翼呈扇形散开。这应该就是传说中引魂升天的"羽人"形象。随着后来佛教传入,道教对其有所依附与借鉴,"羽人"的含义和造型逐渐发生了变化,先是变成能升空的"神仙",后来演变为"飞天""飞仙"和"天人"等形象。

每个人都对飞上天充满了遐想。尽管飞行在当今世界已不再是一个稀奇事,但在我们现实生活当中,随心所欲地飞行还是一种梦想,尤其是那种完全由自己控制的自主飞行。

梦想终于成真了。现实世界的"飞人"是一群借助滑翔伞或翼型伞衣等装备、利用空气升力起飞翱翔的航空运动的爱好者。滑翔是最简易的飞行方式,只要一只背式包装袋就能实现。我就是这项运动的积极参与者。

"自由飞行"是大部分人神往的,但往往苦于重装备、高成本而却步。十七八年前,我偶然看到新闻介绍滑翔伞——借助一块"布"飞行,这是我能想象到的最便宜的一种飞行方式了。我的滑翔伞生涯就从这里开始。接受训练,独自飞行,然后背着伞东奔西跑,在国内外寻找飞行场地。那时兴致很

足，去飞行的很多地方都是荒山野岭。

　　最近的飞行场地杭州永安山——现在已经是全国有名的国家级滑翔伞训练基地，每年都会举办嘉年华活动，时不时还有全国性的滑翔定点比赛。我们一群上海的爱好者经常去那里，飞着飞着就飞"出道"了。判断一个滑翔场地好坏，最核心的是看其地形和气流。永安山周围是山，中间是一个盆地，中午太阳直射，把盆地底部烤热，这部分热量会带动

人们驾着滑翔伞，在空中遨游，与山野对话，与白云握手。

气流上升，使得风沿着山坡往上吹，成为上升的动力。我们管自己叫"鸟人"，在"鸟人"眼里，空气流向都是垂直的，不像普通人站在地面上，总是觉得风是从水平方向吹来的。事实上大气当中有大量的局部上升和下降的气流，上升区域的空气跑了，气压变低，边上冷空气就会来补充。可以想象成一个烧开水的锅底，锅底加热水就上升，上升气流随着水往上冲，冲到顶上。气流到了一定高度会变冷，冷了以后又

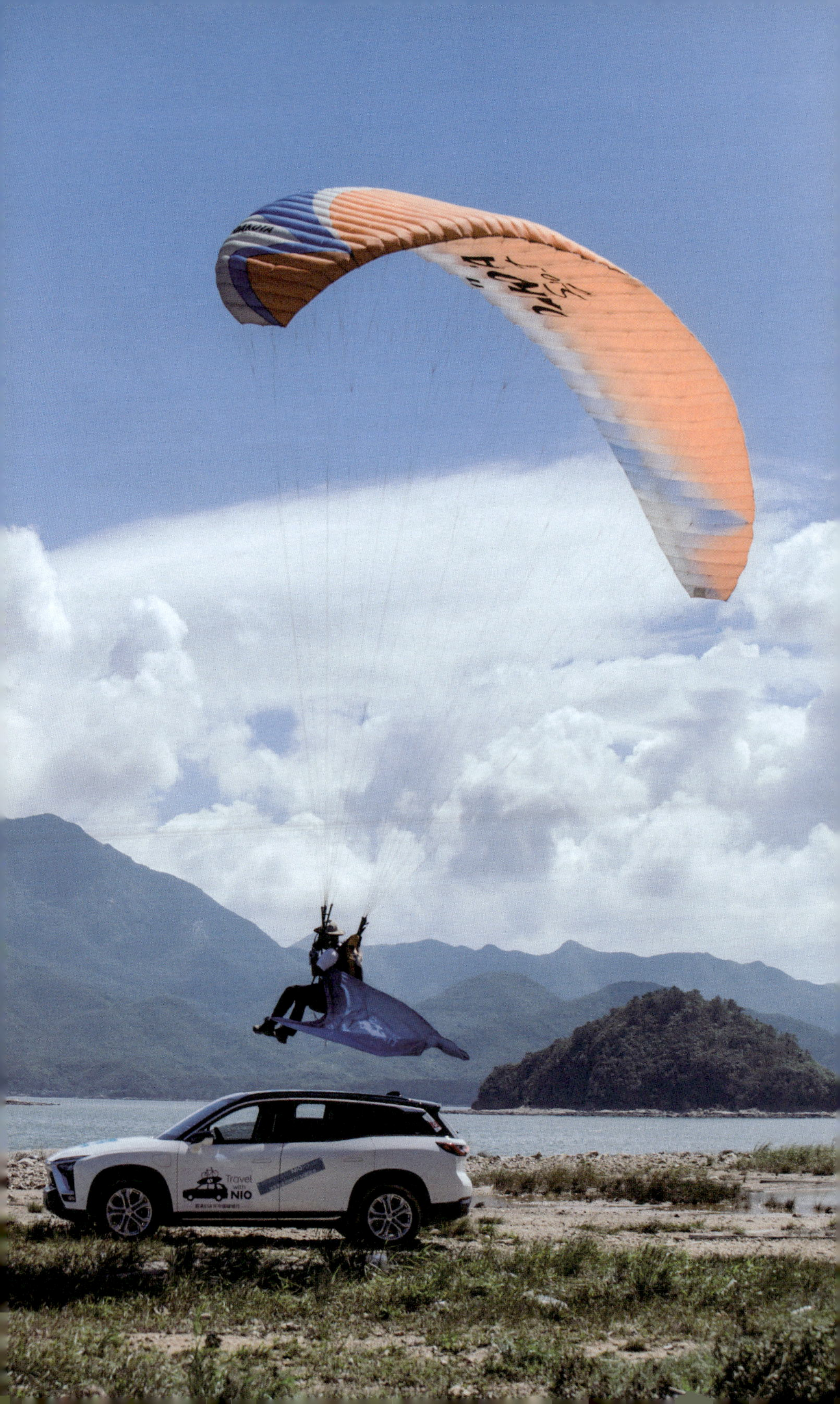
Travel
with
NIO

会到别的地方降下来。我们"鸟人"会看气流，依照地形来判断哪里有上升气流，哪里是下降气流。比如村子里面的晒谷场肯定是上升气流，因为晒谷场的水泥地加热以后，就会有上升的热气。我们眼睛看不见气流，但是我们滑翔时能感觉得到伞翼的单侧有气流在上升。而像树林，空气很难加热，那就是冷气流下降的地方。地形、地貌与气流是存在某种关系的。可能很多人也有这种经历，开车到山里，经常会看到如鹰之类的大型鸟在车前盘旋，为什么呢？柏油路容易受热，一定有上升气流，公路的上升气流吸引着鸟到这里来盘旋、飞升，它在目之所及的视野内寻找猎物，直接俯冲下去，飞到它想去的地方。我们出去越野飞行，也依此原理盘旋、上升、前进，再盘旋、上升、前进……除冷热形成气流外，另外一种叫动力气流，是由山体形成的。风迎面吹来，碰到山体以后，空气会往上跑，在山体的迎风侧，它就是上升气流，所以你要从迎风侧起飞。所有的航空起飞都是逆风而行，没有顺风起飞的，下降的时候当然也是逆风下降，以获得足够的空速，从而抵御重力。反之，山体的背风侧对我们"鸟人"来说是危险的地方，是不能去的。翻过山脊、山顶以后的气流一定会下降，不可能永远上升，进入下降气流会很危险。飞行就得看懂气流，也得遵守空中交通规则，就像驾车要遵守交通规则一样。

如果一起飞的人比较多，山比较多，彼此相遇的时候相互之间也有一套规则——谁让谁。我们在一起盘旋，一般来说，迎风面山外侧的人要让山内侧的人，因为内侧的回转空间小，容错率小；飞得高的人要让飞得低的人；等等。掉在林子里其实还算安全的，挂在树上无非就是麻烦，有可能会刮伤，但相对来说有缓冲的余地，不会造成大事故。如果失

速掉在地上、岩石上，那就是事故了。所以飞到一定高度时，要留心天气变化，要通过观察云层来判断气流的上升和下降，随时预判备降地点。大部分云是怎么形成的？低空气流上升，上升到一定高度遇到冷空气凝结形成云。所以正在形成中的云下有上升气流。但如果是那种积云天气，上升气流会很强，

高山滑翔伞速降滑雪，
必备一双"翅膀"和一副滑雪板，
当然，还有豁出命的勇气。

我们的游戏规则是，飞行员不能飞近云底下去。有一个词叫"云吸"，不是说云把你吸进去，而是底下的上升气流会把你推到云区里面，在高积云层中急速失控上升……

还有一种情况，就是当山里的气流不太稳定，比如春秋两季，一般不推荐飞行。冬夏两季，气温相对稳定，早晨

一次次把自己送上天际，看随机气流脸色降落。

八九点微凉，十点左右温度慢慢上升，气流起来，一直到下午三四点气流减弱，这中间的四五个小时气流一直是比较好的。此外，山体地形变化多，往往眼前只看到两三座山，其实气流也受背后三四座山的影响。

我们把海边吹来的风叫海陆风，即由海吹向陆地的风，到了傍晚以后就变成陆海风。如果海边有悬崖峭壁，那借着

**这种飞在空中的感觉，
与你飞行之前的预期互相加持，
产生一种前所未有的满足——
人就像老鹰一样翱翔在空中。**

海上吹过来的风，在峭壁上飞行就非常平稳。巴厘岛是全世界排名前十位的飞行场地，它有一个 80 米高的峭壁，沿着这个峭壁前沿，可以飞几个小时，一直"挂"在那里，"挂"到打瞌睡。有一次我在那边飞行，教练叫我去带一个新学员，怕他脱离悬崖。因为离悬崖太远飞到海上，会因缺少上升气流而掉到海里，而飞离内陆太近，同样会缺少上升气流，只能降下来，有点驼子跌跟头——两头不着落，所以必须在峭壁与海域的某个区间里面飞行，而这个区间是看不见的，只能凭经验、凭感觉。我飞上去以后，这个新学员跟着我，非常兴奋，不肯下来，我就只能呆呆地一直陪着他，差不多都快睡着了。为什么飞行让人兴奋呢？当你摆脱地球引力，悬浮在空气当中，完全由你自己驾驭，那是一种自由飞翔的感觉。这种飞在空中的感觉，与你飞行之前的预期互相加持，产生一种前所未有的满足——人就像老鹰一样翱翔在空中。

2006 年我在尼泊尔徒步期间，参加了法国教练的 SIV 课程学习。他的俱乐部还养了老鹰，把老鹰放出去，我们就跟着老鹰飞。老鹰是天生会找气流的，它的羽翼末梢稍有抖动，就知道哪边有上升气流。鸟有这种与生俱来的本领，我们人只能借助器械，通过器械来达成梦想，这个运动的魅力由此显露。

滑翔伞的玩家应该对SIV不会陌生，这个词可以理解为"飞行事件安全模拟"，是为那些不安于一次次只是顺风飘落而企图走向炫技阶段的"老司机"们设置的高阶必修课程。

滑翔伞的诞生，为人类插上了飞翔的翅膀。人们可以自由地翱翔于天空，享受着"脱离"地球引力的宁静与美妙。

20世纪80年代末，滑翔伞运动传入中国并迅速发展，就我所知的相关俱乐部就有50多个，会员也不少，经常从事滑翔伞飞行的有几千人，在中国东北、长三角、珠三角一代都有很多民间高手。

如今在世界各地，滑翔伞爱好者达数十万之多。人们驾着滑翔伞，在山坡奔跑起飞，在空中遨游，与山野对话，与白云握手，将身心融于大自然，尽情释放着人类的勇敢与坚强。

让空间多一个自由上下的维度，少些束缚。我从十几年前开始接触滑翔伞运动，如今少了对场地的要求，淡了人前做戏的虚骄，不用依靠飞机上天，不用找小伙伴牵引，需要的只是简单的自己和随兴而为。选个高处跃下，傍山面海是顶好的，像鸟一样用直觉去感受风。从初次体验的惊喜，到这次成为随行标配，随机变身"两栖""三栖"人，给生活多配置了一些可能，这是我今生向往。

除了普通的滑翔伞，我还玩另外两种伞，其中一个是高山滑翔伞。

单纯的滑雪在融入滑翔伞元素后，这项历史悠久的运动突然"立体"起来。需要提醒的是，这位滑雪家族新成员的中文全称是"高山滑翔伞速降滑雪"，英文名是"Speed Riding"。因为它的"破坏力"很强，世界上大部分滑雪场都将其列入了"黑名单"，爱好者们只能在专门辟出的山区飞行。

**我从十几年前开始接触滑翔伞运动，
如今少了对场地的要求，
淡了人前做戏的虚骄，
不用依靠飞机上天，
不用找小伙伴牵引，
需要的只是简单的自己和随兴而为。**

高山滑翔伞速降滑雪的最理想场地是积雪覆盖、地势开阔且人烟稀少的陡峭斜坡。必备装备中包括一双"翅膀"（改良型滑翔伞）和一副滑雪板，当然，还得有豁出命的勇气。这项运动诞生于欧洲，开展的时间还很短，至今不足十年吧。这是一项比较危险的运动。因为有了滑翔伞，整个过程中你可以保持腾空两三百米，速度也可以达到每小时40—70公里，是相当刺激的体验。

这项特殊的滑雪运动最吸引人的地方在于，借助滑翔伞，玩家可以到达某些滑雪板无法企及的地方。而我的行踪则从长白山的天池滑雪场，一直到韩国、日本、法国、加拿大、美国的滑雪场。因为在国内暂时还没有太多像我这样的玩家，所以我也只能继续以相对孤独的姿态在雪场上腾空。

我还玩动力伞。动力伞跟滑翔伞的原理是一样的，只是前进速度更快，结构也有所不同。它有一个动力部件，身上

"Sky Diving"其实译成跳伞并不妥当。

背了一个发动机,像电风扇一样向后吹。动力伞是可以平地起飞的。我最早在上海玩的时候是在奉贤海边飞,后来在黄浦江边飞。那里有一片林子和绿地,我从绿地起飞飞到黄浦江上空,然后沿着黄浦江两岸飞,从徐浦大桥飞到卢浦大桥,也是很炫酷的。这种经历,恐怕已成了浦江上的绝唱,后无来者了——所有城市基本都禁飞了。

8 像鸟儿一样感受风

9月18日，天公作美。

台风后的好天气像是大自然对人类的一种补偿。所以有时候不得不感慨：塞翁失马，焉知非福。这是老祖宗留给我们的真理。

大地渐凉，顺势而息，我与轻巧如猫的ES8回到深圳，深深感到：自然世界的探险，只有以科技作保障，才是负责任的折腾。

俗话说"常在河边走，哪有不湿鞋"，一次次把自己送上天际，看随机气流的脸色降落，总隐隐有些不安。毕竟无动力滑翔伞运动的主控权捏在自然手上，有种听天由命的危机感，于是SIV成了一种为了安全而制造危险情境的"扭曲"存在，有意把副伞抛开，或刻意制造全失速状态都是常见的训练内容。我曾三次进修SIV课程：跟尼泊尔David教练，经历追鹰盘飞，终身难再；与法国K2教练，尝试更高难度的直升机螺旋；法国的夏莫尼之行，更亲身挑战7g加速度……与飞行有关的都是梦想！

面对挑战，我已经从慌乱到冷静，再到能妥善处理紧急状况。脑子里想起的是读书时背诵的《卖油翁》："无他，唯手熟耳。"离开地面的乐趣必须以安全为前提，在这样的运动中，事故发生一次就不会再给你下一次机会。事物的两面性决定了风险总是与乐趣相伴，于是SIV便成了在两者间更为主动争取求生意志的体现。如此想来，也多多少少理解自己一些。

人类基本可以算是陆生动物，会游泳的那批算两栖。至于上天，像鸟儿一样在两点间依照自己心情选择直线到达或随风翱翔，则是古来有之的梦想。莱特兄弟使用"铁包肉"

"第一次"是个自带魅力和光芒的词，人们总是无法忘怀初次体验的心跳。

模式上了天。最新科技代表的随身飞行套装差不多是竹蜻蜓的升级版，太多人工干预的成分，少了和风对话的智慧和随心翱翔的浪漫。

我对天空的向往自然也不能免俗。机缘巧合，一次新闻报道让我走入了滑翔伞的世界，滑翔伞陈教练成了开启

开眷开眷就飞上了天

我"第三栖"之路的领路人。

"第一次"是个自带魅力和光芒的词,人们总是无法忘怀初次体验的心跳。于我而言,自由飞行的初体验是自我性格的准确体现。作为上海土著,学习滑翔伞之后,我发现了可以不受山地条件约束、在平地自由起飞的动力伞,这对我无疑又是一个挑战。第一次动力飞行记忆犹新，是在奉贤海边完成的。其实我当时只是去旁观教学，可那些学员因为心生恐惧，几次三番无法起飞，搞得我这见习的反而跃跃欲试想上场体验。起初我只是想背一下机器，体验一下被推动的感觉，没真打算起飞，但按捺不住自己无法抑制的运动细胞，加上旁听教练一遍遍重复技术要领，推着推着就加足了油门，干脆一冲腾空，一口气盘到千米高空，玩耍了一阵，冻得受不住才落地，可把地上那群看客惊着了。当然这是在我有充分滑翔伞飞行经验基础上尝试的动力伞飞行。

后来我开始了世界滑翔伞巡飞的行程。巴厘岛有个滑翔伞爱好者都钟爱的场地，悬崖面对着大海，白天的海陆风温暖而稳定，不依靠任何人工动力，仅借力自然。我们"空中一族"更接近原生态翱翔，并非圈外人以为的一味滑降。高阶玩家可以在那滞空好几个小时。我也飞得审美疲劳，无聊到瞌睡，和大家想象的惊险刺激有很大差距。

说出来不怕难为情，虽然我也是个老手了，但是我还是遇到了点险情。一次，由于太专注于海岸线的美景，我飞离海岸峭壁太远，没有了足够的上升动力气流，落在了较远处的海滩上。二十多平方米的伞落水后兜住了大量海水是很重的，要想拖伞出海，稍有不慎，就会在浪中被拽得东倒西歪。我费了九牛二虎之力才把伞拖离海水。第二天只好借了团友老苏的伞，说不飞，就找找伞感。结果呢，迎着风像风筝一样太舒服了，还是经不住诱惑，不知不觉飘上了天。有了前一天的遭遇，我谨慎了些，贴着峭壁边缘，在动力气流中一路向前；飞着飞着又得意忘形了，再回头已十几公里外，对讲机都喊不到了。知道不能再掉海里，靠向陆地一百八十度转身掉头吧，没料到，进陆太深，没了上升气流，还没冲进

生活是一场修行，不仅要有"静"的艺术理解和走心体悟，也要有"动"起来"嗨"起来的激情。

悬崖边的上升动力气流中，已滑降近崖边的树丛，活生生挡住了飞出去的通道，只好降在了林间小空地中，再无起飞的可能。收伞，顶着酷热一步一步挪出丛林，再返回起飞基地，迎接一顿群攻、臭骂……为了寻找我，七八个高阶飞行员、教练沿岸飞巡，还有因此降落到崖下海滩的……尽管这次有惊无险，但我意识到不让同伴担心和保证自身安全一样重要，这是所有户外运动爱好者必须谨记的条规！

户外极限运动，人人要做好自我评估，量力而行，准备充分，循序渐进，千万不要自以为是地去冒险，更千万不要盲目鼓励别人，说什么你行的，称赞别人技术好啦经验丰富啦诸如此类，捧杀别人，因为各种意外随时都有可能发生。

在巴厘岛我结识了"中国飞人"盛广强，见识了他随意迎着海风，停留在树梢甚至伙伴的掌心上。阿强是"鸟人族群"中滑翔伞多项世界冠军，国内唯一硬翼飞行的翼装飞行员，更是涡喷飞行者。我管那叫发射，目前全世界仅五名这样的"发射者"。

你曾不经意间在某处瞥见划过天际的滑翔伞，
为天空中的那一份自由与洒脱而心潮澎湃。

    这次"环行中国"的飞伞之行，是由我首飞小鹰嘴的引路人老匡，和深圳"羽人飞行"的阿强带队。在小鹰嘴飞行基地，没想到台风肆虐后的第三天，19日，便迎来了美好的秋日暖阳。日头没那么烈，海风吹在脸上，叫人欢喜。天气和风向都非常适合飞行，蓝天白云，大气通透，有广阔的飞行视野。

    当天现场各个水平的人都有，甚至还有本来只想看看热闹、结果心一动就随教练"飞天"了的。目测这人也将深陷此道。云霄之上，操作着滑翔伞实现摆荡、螺旋、俯冲，在各种动作的切换中更贴近自然。

    生活是一场修行，不仅要有"静"的艺术理解和走心体悟，也要有"动"起来嗨起来的激情。虽然没有鸟儿的羽毛和翅膀，但倚靠着一片布料同样可以体验上天的乐趣。不论是在地面的安稳踏实，在水中的静谧安心，还是空中翱翔的飞扬洒脱，只要掌握好合适的节奏，给生活带来更多的可能性，乃是最好的状态。

安全与否，刺激与否，都是冷暖自知的体验。永远保持一颗好奇心和不受世人眼光限制的执行力，给自己安排负责任的行程，便是一个妥帖的成年人。

"飞翔"是"勇气"最好的代言。也许你曾不经意间在某处瞥见划过天际的滑翔伞，为天空中的那一份自由与洒脱而心潮澎湃。可回望纷繁的都市、喘不过气的生活，似乎飞行又是那么遥不可及。

这个坐落于深圳大亚湾澳头的小鹰嘴飞伞基地，背山靠海，是一个半渔半农村落。山海风光秀丽的小桂村，至今仍保留着较为原始的地形地貌，海岸线绵长，村落房屋背后重峦叠嶂，树林茂密，人称"海上明珠"。经过大小梅沙、葵涌、坝光，一路畅通，风光无限。下车后翻过小带着滑翔伞这双翅膀，冲上天空，俯瞰大地，被风拥抱。

山坡，就到海边栈道——小桂湾绿道了。沿此路走八百米，即到飞行基地。来小鹰嘴骑行、爬山、徒步的驴友数不胜数，在体验滑翔伞的同时，还可以徒步海边欣赏海景。远山含黛，山路蜿蜒，风景优美，小桂村小鹰嘴美不胜收；海天一色，清澈湛蓝，鱼翔浅底，万类霜天竞自由。大亚湾澳头的小鹰嘴气流平稳，滨海秀美，其优越的自然条件和独特的魅力吸引了众多国内外伞友长期来此飞行、训练，成了"菜鸟"天堂，更是全国各地的"羽人"——滑翔伞发烧友的乐园。

太棒了！

勇于追寻自己的梦想，带着滑翔伞这双翅膀，冲上天空，俯瞰大地，被风拥抱。这个梦想，也成了我的生活，我的现实。

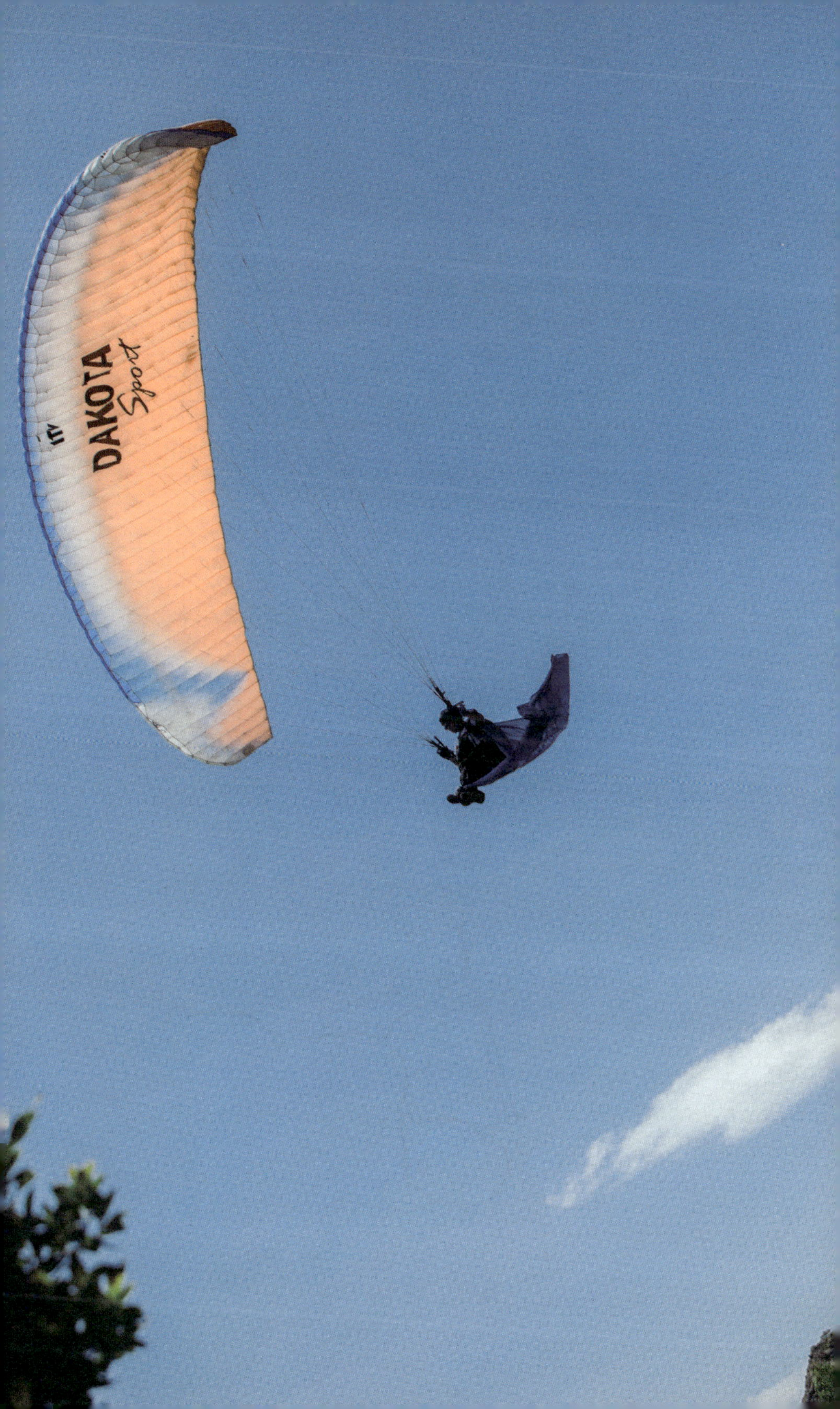
ITV
DAKOTA
Sport

9月24日 南宁

南宁，一个看似由自然村落继建起来的省会城市，像是80年代的沪上？城市尚建兴起，像个超大工地，空中电网线纵横驰骋，街边沿途是密集排布的民宅，两栋之间看似仅一臂之遥…

充电，挑战了5个场地！！！下午抵青云上电已是晚上，而且在校园中，被汽车占住着，不得已报警挪车…等哪等…晚9点，才得以再次上路。我妈最喜欢夜行！车少路畅。

到了百色，已是12点。巧遇ES8派驻行的车主，深圳的蔚友们已组队行至敦煌！他也是特斯拉双料电动车主。恰逢中秋，一堆友人，饮食中… 一种神觉，包括服务过度与欠缺，受束缚行，不够自在，不似自驾。哈哈哈我有先见。喜欢独行… 真的自在，当然必得有自助精神，方得自由。世间哪事不得有兑换代价呢？？ 百色！！

凌晨再次夜行，临晨赶至右江市，仅两处"特来电"充电桩其一处两桩都歇，另一处了，政府大院内，被满停的车占住，小姐等到早晨人家上班，才得以挪车，冲上电，直流也要午后才得以上路！这一路，一挺唯恒。

这不，程一定得充足，后面是270km的山路。很挑这一路过来的耗电经验，我得完全改变一下自己的驾驶习惯，才行。像是一种极限挑战，沿途完全无电桩，甚至下高速也无！当然，不能一脚抵达……就手懂充电？？哈哈

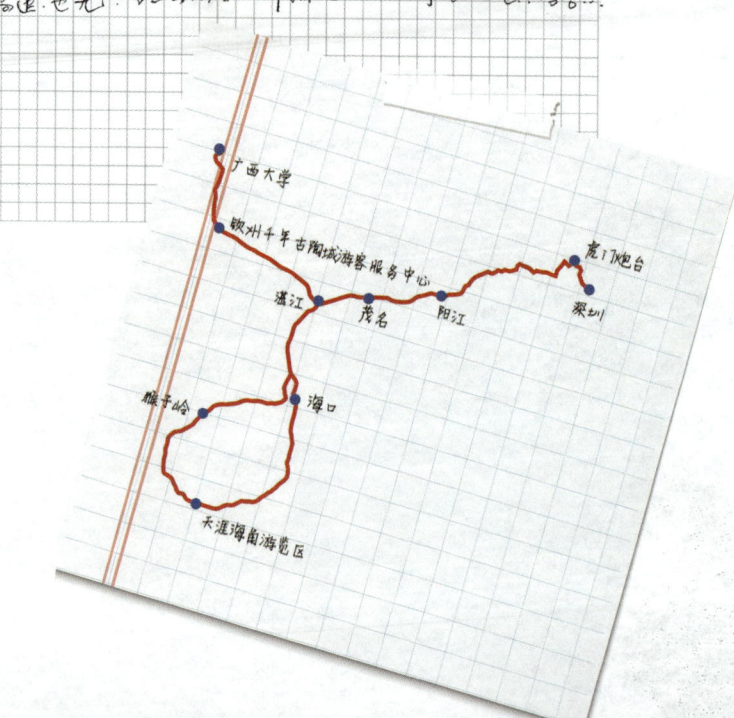

开着开着就潜入了海

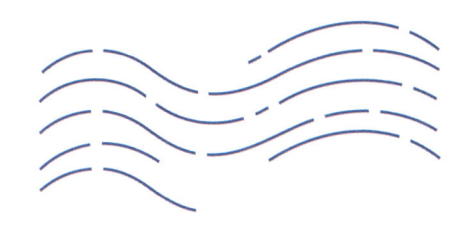

手机扫一扫
激情燃烧 / 老司机在路上

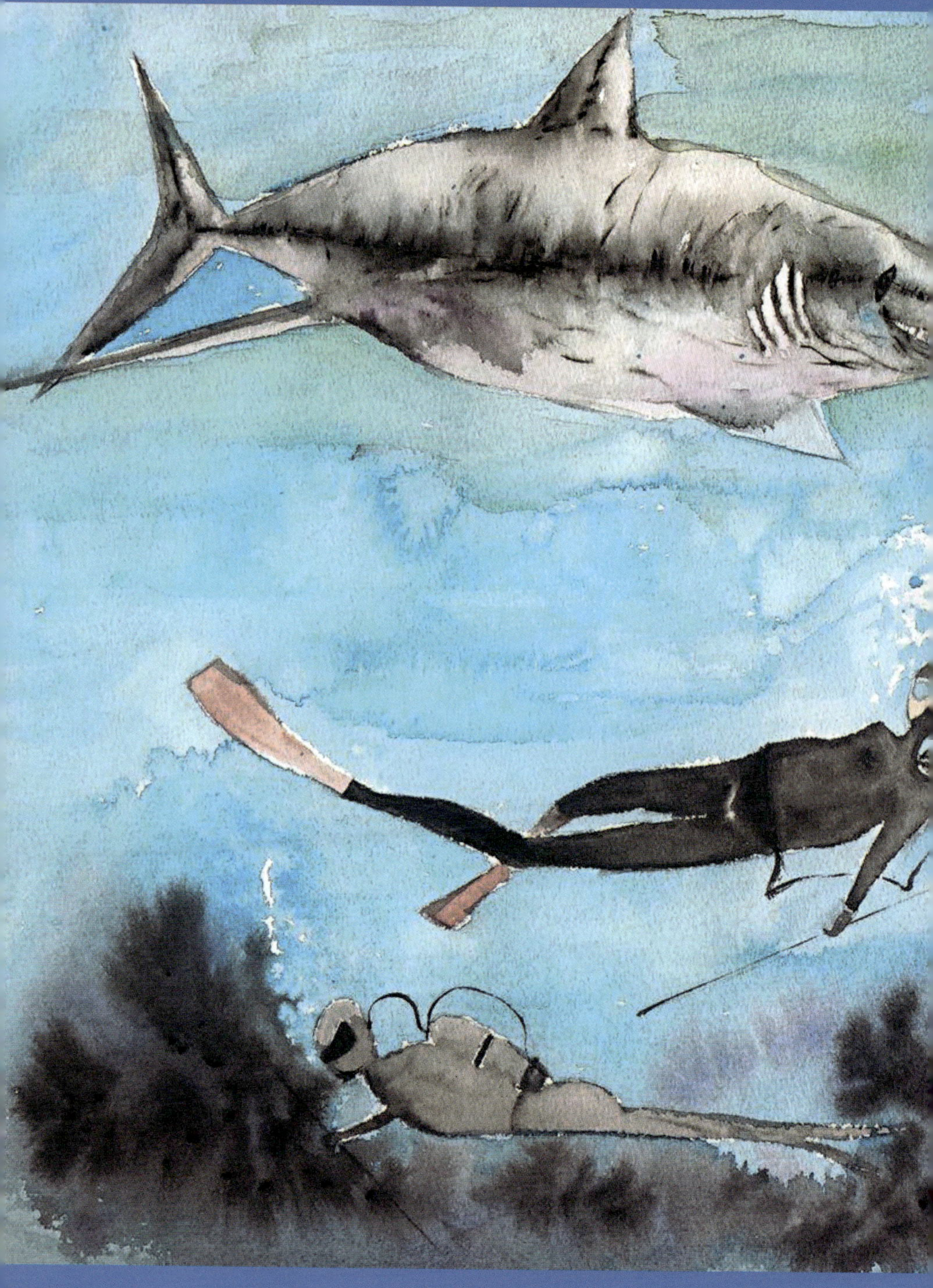

适应了活在空气里
到了水下会被无声震撼
想着如果哪天电车能下水
我也会紧紧跟上吧
回到儿童般的玩心
妄想一下又何妨呢

——我的微信发布（四）

帆板运动对选手本身的体能有一定要求。

海水映着天，便是一大早的好心情。

9 随风破浪，现实版的"听风者"

　　夏季的海总是惹人喜爱。海口的帆船帆板活动周，是我早早就在行程中计划的一项。

　　现代帆板运动起源于美国。20世纪60年代美国加利福尼亚某海港出现一种加长冲浪板，上面装有能转动的桅杆，很受青少年的追捧，之后逐渐发展成为一项体育运动——现代帆板运动而广泛流行。世界上第一次帆板比赛是1970年马里布帆船俱乐部举行的帆板冬季邀请赛。1974年举行首届世界帆板锦标赛。1984年洛杉矶奥运会上，帆板成为正式比赛项目。

　　早先很多朋友一直推荐我玩帆船，我也尝试过几次。帆船跟帆板的区别在于帆船的装备比较大，需要一定规模的团队，几个人协同合作，玩起来就没那么自由。此外，团队组织起来也比较麻烦，没那么自在随意。而帆板就是一块板加一个三角帆，你拉起来以后完全由你自主决定。我呢，自然

夜色降临，海边由喧嚣的活力转为静谧的美感。

更喜欢一人操作的帆板。帆板我玩了挺长时间，但也只属于入门级水平。它的乐趣在于没有人工动力的情况下，借着风力，你依然可以在水上踏浪前行。帆板跟帆船的推进原理是一样的，利用风吹过帆正反两面形成的风压差，推着人前行。所以它有个加速，全速前进时能够达到风速的 2.5 倍。如果不深入了解体验，你是很难想象这股自然界强劲的动力的。它可不像我们江河里传统航船的帆，靠风的正向推力前行。所以七八级大风的天气是不能玩帆板的,难以操控。当然风太小也不行,最好是挑一个风和日丽的日子,风力适中。帆板运动跟人的体重也有关,它利用体重与风力形成一个夹角,所以要选择与自己体重、技术匹配的帆面。

帆板对于玩家有耐力等体能要求,也有运用杠杆原理通过摇帆来滑浪的技术要求。身材高挑的人能发挥杠杆优势,使帆板保持平衡,以最小的力量借助风力前进。我首次学习帆板是在威海,在我的马术骑友沈方的怂恿下专程赴威海学习。第一次尝试,就喜欢上了这项运动。天公作美,晴朗的天色下,各种透明的蓝显出艳丽的彩度,海水映着天,便是一大早的好心情。

驾驶帆板时,感觉像站在一块浮动的地面上,减少了摩擦力,于是可以更快速地移动。而看似平静的海水,暗藏着波涛汹涌的力,一波波暗涌只可意会不可言传。风作用在帆面是对大自然的另一种体验,利用原生的动能为己所驱,背对风向,便要竖起耳朵甚至打开毛孔,利用两耳感受到的风差判别方向,我是在做个现实版的"听风者"。

夜色降临,大自然万物归息,海边由喧嚣的活力转为静谧的美感。顺势而为是祖宗给的教训,放之于人和事物,皆合。

> 顺势而为是祖宗给的教训,放之于人和事物,皆合。

开着开着就潜入了海

走进水中世界是一份令人惊喜不已的浪漫。

10 三栖人类，进入灵魂的跳远

9月19日，雷州。20日，琼海。

较之于上天，入海可能还相对容易些，比如潜水。

网络时代的"潜水"，被赋予特殊含义，指窝在社交圈子里，神不知鬼不觉地只是观看，而不发声、不留言、不点赞、不答复、不表态。

地理学意义的"潜水"，是指埋藏在第一个隔水层之上的地下水。

在过去，潜水是一项为进行水下查勘、打捞、修理和水下工程等作业而进入水下的专业工作。现在，潜水渐渐发展成为一项以休闲娱乐为主的水下运动。

自古以来，人类就有一些异想天开的梦想，不仅幻想飞上蓝天自由翱翔，而且渴望潜入海底恣意遨游。我的潜水经历是从西巴丹起步的，而后是帕劳、马尔代夫、塔希提、加拉帕戈斯、墨西哥、红海、菲律宾、泰国，再到海南、盱眙矿坑……被同行们称为"倒着潜水"——从级别高的场地潜到初级场地，还乐此不疲，看来我是真的喜欢潜水。

极限运动在旁人眼中呈现出一种极速状态，但参与者实际是很安静的，比如潜水。说到安静的极限，我认为当属潜水中的自由潜，这是一项比禅修还要安静的活动。因为自由潜水要求节约肺部储存的氧气，每一块肌肉必须处于放松状态，减少耗氧，最好脑筋都不要去动——动脑筋也很耗氧，你想，脑子最累的时候，消除疲劳最好的办法就是吸氧。禅修时可能还有部分肌肉是紧张的，自由潜的时候连这样的紧张也不能有，你要完全放松。自由潜水是不靠太多器械的。当然，你也可以带一套氧气瓶下去看看景色，一般一个气瓶可维持45分钟到1个小时。小时候特别羡慕20世纪80年代

人类不仅幻想飞上蓝天自由翱翔,而且渴望潜入海底恣意遨游。

的纪录片《潜海姑娘》里面像美人鱼一样自由自在游来游去的潜海姑娘。南海深处姑娘们的婀娜身姿,其实是辛勤劳作的情景,却表现得优雅、自在。子非鱼,安知鱼之乐?

直到现在,日本、韩国等地还有海女,这是一份很古老亦很辛苦的职业,她们不带辅助呼吸器械,只身潜入海底,捕捞海产品。她们从小就在水环境中适应成长,仿佛跟鱼一样可以在水里呼吸。但其实也只能憋气。静态下憋气三五分钟,已经非常长了,因为一般人憋一两分钟就忍不住了。而学习自由潜水以后,憋个三五分钟是刚刚入门,还可以更长,目前世界纪录是22分钟,这是静态的数据。在动态下远憋不了那么久,也就一两分钟。那这么短的时间,海女是怎么在

开着开着就潜入了海

海里捞东西的呢？其实她时间是够的，如果一分钟内可以下到海平面下十几二十米，时间足够了。一般来说，她们捕捞的海产品不会在很深的海底，因为海水深到一定程度，比如10米以下，光线当中的红外线越来越少，海产品、海植物光合作用越来越弱，并不适宜生长。我们在海里用肉眼看到的都是灰灰的一片，你必须用强光照射或者补红光才会把海底美丽的珊瑚的颜色反射出来。所以海底生物的颜色一定比陆生植物的颜色更艳丽，因为水中的红光被吸收掉了，植物会长成更艳丽的颜色来相抵，相当于加了一个滤镜。我们拍摄海底生物的时候要有非常强的光照。

随着潜水运动风靡全球，走进水中世界已不再是一个童

推开虚掩的门：驶向未来

◀ 海底呈现大量的礁盘和错落的礁石。

话般的心愿,而是一份令人惊喜不已的浪漫。你甚至无须事先学习潜水,便可以在真正的水域里感受潜水的神奇。想象一下,你徐徐潜入清凉明澈的水中,阳光被水折射成无数个星星,在眼前不断地闪烁、跃动;当五彩的鱼儿亲昵地依偎在身边,你会欣喜地感受到自己置身于一个全新的神奇世界,尽情欣赏五颜六色千姿百态的海底生物;当成串的气泡,欢快地漂过耳际,你会惊奇地发现,你正轻松地扇动脚蹼,自如地悬浮于水中,浪漫、自在、开心。

潜水的好处不仅在于水中的奇异世界给人的精神带来的巨大享受,更重要的是能够增强人体的心肺功能,水对人体全方位的均衡压力有助于改善血液循环。

潜水时,学习在水面和水底控制浮力大小非常重要。比如在水面休息时,正浮力能节省体力;而在水底时,大部分时间需要维持在中性浮力才能使你轻松自由地在水中遨游,避免踢沙以保持良好的能见度,也能避免使你和水中脆弱的生物受到伤害。

休闲潜水领域极限潜水深度是 40 米,初级开放水域限制深度 18 米,进阶开放水域理论最大深度 30 米。潜水一定要在自己受训经验限度内量力而行,参照潜水休闲计划表潜水,在陌生水域潜水时,还需要配置当地潜水导游。此外,必须坚持两人同行的潜伴原则,即两人从入水到上岸都必须在一起,不得允许其中一人自行上岸;两人在水中要经常保持联系。一旦落单,应保持镇静,浮上几米,寻找同伴;一分钟内找不到同伴就浮出水面,注意观察气泡;若超过十分钟仍无同伴的踪迹,应回到入水地点,寻求帮助。

潜水如果想去好的自然海域,近的有泰国、马来西亚西巴丹、菲律宾宿雾,远的有澳大利亚、美国北卡罗来纳州、

当五彩的鱼儿亲昵地依偎在身边,
你会欣喜地感受到自己置身于一个全新的神奇世界。

伯利兹大蓝洞、红海、塔希提、墨西哥、达尔文岛,等等。

曾母暗沙是值得一去的人间天堂。如果条件允许,我一定会选择在这里玩玩我热衷的潜水运动。因为这是中国的最南端,也有七连屿这样的最佳潜水地,海水晶莹剔透,沙滩绵白柔软,海底呈现大片的礁盘和错落的礁石;美丽的珊瑚、海葵散落其间,海胆、海星和许多不知名的贝壳星罗棋布,五光十色的鱼儿成群结队地游来游去。

我的朋友顾宇,有着十年海洋情缘的潜水达人,特地赶来海南与我会合,我们都是上海 Sea I See 俱乐部的成员。

顾宇从小对大海有着浓厚兴趣,大学专业以及工作都选择了船舶工程技术,后来又萌生了潜水的想法;海洋环境的生物多样性以及奇特的生态环境,让他对生命的思考有了全

水对人体全方位的均衡压力有助于改善血液循环。

新的感知。

顾宇第一次真正下海潜水是在三亚。那里的水下环境相对比较贫瘠,但那时的他还是异常兴奋、有些紧张的。第一次跃入海中,被温暖的海水包围,那种包容感以及自己与海洋互通的感受令他难忘。接着,让他印象深刻的潜水经历就多了起来,帕劳、印尼班达海、塔希提等,还有很多地方想去看看,并且希望今后能做一次极地潜水。

这次在三亚,除了潜水、玩帆板,在海口还准备了冲浪活动。早年看过一个片子,音乐节奏很缓慢,画面非常抒情优美,女主角在崖上静静地做着瑜伽,远处海里一个浪接着一个浪奔涌而来,浪上站着一个人,或者在浪尖滑过,或者在浪卷中穿梭，和浪互相追逐比赛，令人心驰神往。

但接触这项运动以后才知道，能在浪尖停留5—10秒就不得了了，因为一个浪从起来到结束时间非常短暂。你从浪壁的前沿滑下来，后面的浪会一直推着你跑。这种浪的形成，一要天气非常适合，二是海底地形要适合造浪，三是当天的洋流、气流也得适宜。有了理想的浪，你还要等它一个个过来并抓住它，一旦这个浪抓不住，你就得等下一个浪。冲浪二三十分钟，站在浪尖上面可能只有5—10秒，这还是在熟练掌握这项运动的前提下。所以冲浪的时间成本挺高的。哪怕当天天气好，就算你抓住了每个浪的机会，在一两个小时里，能抓住10个很好的浪头就非常不错了，每个浪头几秒钟，真正"冲"起来的时间加起来也就不到一分钟。这项运动体力的消耗还非常大，因为是在水里，每冲完一个浪，你都得再游出去，像海龟一样两个手啪嗒啪嗒地游，等外面的浪再把你推进来，一次复一次，几个小时下来精疲力尽。

我认识一个投资人，他十年前买了一条可以人工造浪的船艇，一直没机会去试，这次来三亚总算如愿。这种玩法近两年才开始普及，三亚比较多。人工造浪最大的好处是它船尾造出来的浪是持续不断的，你可以站在浪壁上跟着船跑。船上系一根绳子，使得人在海面上牵立起来，然后在船尾制造的浪中前行。在冲浪的过程中哪怕人摔到水里，船马上可掉头把你拉起来继续玩。一个小时内可以冲三四十分钟的浪头，效率极高。其实站住浪壁也并不难，我第一次练习，试了三次就能站上浪壁，后来甩开牵引绳，也能跟着船艇好一段距离。世界上很多看似很难的事，也不过是虚掩着的门，推开它，就达到一个新领域。这种人工冲浪，是依靠船尾造出的浪推着我跟进。但是如果控制不好，站不住浪壁，就只

与爱车一起下海。

能到浪尖上"放放风",很短暂就结束了。人工造浪装置的优势在于,你的大部分时间确实在冲浪,而冲自然的浪,大部分时间是在海里面游泳和等待。但是自然的好浪是可遇不可求的,是无法人工复制的,它的推力、大小等都不可预设。没有完全相同的两个浪,每一次冲上浪尖,都是迎接一场未知而刺激的挑战。这相当于我们的室内滑雪场,跟天然滑雪场完全不是一回事——有条件当然选择滑真雪,实在没条件,去体验一下人造的也不错。

9月23日晚上到达广西钦州。

计划去广西，是因为那里有我们的水下曲棍球俱乐部。一般水上运动都有所限制，玩帆板要去海里，玩皮划艇要有很大的水面。但像水下曲棍球、水下橄榄球，城市里面也可以玩，因为是在游泳池里，只要租个游泳池就行了。好多年前我在滑雪场遇到几个朋友，向我推荐了水下曲棍球这项运动。我发现，很多爱滑雪的人也都热爱潜水，可能喜欢运动的人会在各个运动领域里去找志同道合的人，去体验更多有趣的东西，所以运动达人无处不相逢。我倒不认为滑雪和潜水这两个运动有多少共同点，但两者都属于精微操控。上海后来成立了一家水下曲棍球俱乐部，我是这个俱乐部的法人。

第一次组织各地水下曲棍球比赛是在北京，上海代表队去了31个人，这31个人有20种国籍，想来也很有趣。这项运动诞生于20世纪50年代，引入国内也就近十几年。一开始只是一些外国人在玩，我们也尝试着加入，后来就成立了正式的俱乐部。现在外国人反倒不怎么玩了，我们球队当中的外国人只剩下几个"骨灰级"了。水下曲棍球、水下橄榄球这两项运动在城市里面可以长期进行。我们现在每周还是坚持训练，但较少进行激烈的对抗比赛，大家自行分组，不以输赢为目的，只作为娱乐。如是竞赛性质的组队对抗，还是比较激烈的。

我对自己有个要求，不参加任何极限运动的比赛，也不会长时间沉溺其中。一项运动，当你已经达到七八十分，如果没有名和利这两项驱策，想再往九十分以上去，就很难了。有七八十分的水平，不靠这个挣钱，也没有名誉上的追求，那么也就玩得差不多了。名誉上的，比如你想做这个圈子里面的"老大"，被人称作"大神"，而虚荣心爆棚；或者金

顾宇的话：

  我是通过潜水认识程舒的。第一印象是为人宽容；第二是非常有主见；第三是雷厉风行，说干就干，不瞻前顾后，不扭扭捏捏，不拖泥带水，这一点让我很佩服。这次程舒开着国产全电动车"环行中国"，让我感觉确实是一个胆子有点大的想法，也非常超前！看着程舒在每一站发来的信息，说实话，让我多多少少有点心动，羡慕不已，也有点跃跃欲试的冲动。程舒不愧是敢作敢当的真汉子！

钱上的，比如有些比赛是有高奖金的，那你就必须全力证明自己一流。当然，参与竞技是不一样的，竞技就是不停地对抗，不断地提高，成为职业选手。我只是单纯喜欢运动，重在其娱乐性和乐趣性，寻求精神上的满足。为什么我会参与那么多的运动项目？如果我在某一项运动中突飞猛进，长此以往，可能玩得更精、更好，但是体验其他运动的机会就少了，何况，要达到可以用名与利牵着往前跑的运动级别，是必须要有天赋的。

在麦三的"半山柴烧"工作室体验制陶工艺。

  广西钦州位于南海之滨，是大西南最便捷的出海通道。钦州市是"中国大蚝之乡""中国香蕉之乡""中国荔枝之乡"和"中国奶水牛之乡"，也是中国四大陶都之一。钦州坭兴桂陶是一项有着1300多年历史的传统民间工艺。据史志记载，钦州陶器发明于唐以前，至唐而益精致。民国九年（1920）城东山麓发现逍遥大冢，内藏陶壶一只，以及陶碑一方，镌字一千六百余言，经考证，始知乃唐开元年宁越郡（即现钦州市）第五世刺史宁道务墓志，可见钦州制陶历史之久远。传至清朝咸丰年间，钦州陶器发展鼎盛，坭器得以广泛应用，故得名"坭兴"。

  在广西钦州拜访麦三。麦三今年56岁，1983年进入钦州市坭兴工艺厂，是一名国家级高级工艺美术师，广西首届陶瓷艺术大师，精通坭兴陶生产工艺技术的各道工序。

麦三接触柴烧源于十几年前一个偶然的机会。柴烧作品的成败取决于土、火、柴、窑之间的关系，烧窑难度相当高。之后麦三就被它那粗犷自然的质感、朴拙敦厚的色泽、深沉内敛的古雅深深吸引，完全沉浸其间，无法自拔，从此乐在其中，乐此不疲。焰迹变化毫无规律，烧制成果不可预期，哪一样都不是人们可以完美把控的。这种"意外之喜"也许就是中国古老柴烧窑变技艺的魅力所在，也是一代代柴烧手工艺者前赴后继传承延续的追求。

麦三的"半山柴烧"就是想通过柴烧这种手工技艺向热爱生活的人们传达一种与原始自然互相依存的思想，明白传

麦三的话：

程舒年纪和我差不多，他能有决心做这样一次环中国旅行，我非常佩服。我感觉他是一个有趣且随和的人，他和我说了不少这一路上的事情，也很耐心地听我介绍柴烧，和他聊天非常舒服。听他说过这次全程驾驶的是一辆电动车，我感觉挺新奇的，很遗憾没能体验到，希望下次有机会试坐感受一下。

柴烧，是人与窑的对话，火与土的共舞。

统的珍贵。他拿出一只亲手制作的窑变茶盏，盏底刚好烧成中国的阴阳鱼图，有人愿意出六位数价格，麦三也不舍得释手。当下社会处于迅猛的发展时期，机械化的产品充斥我们的生活，我们忘记了手工、传统的味道。看惯了雍容华贵，偶尔品一品质朴淡雅，也别有一番风味。所以说，人们一旦抛却固有的印象，去看鲜活的存在时，反而着迷于它的不完美之美。正是那些预料之外的小小意外，些许残缺，偶不如意，未达目标，却惊喜非常，让我们的生活丰富而完整。

9月24日，南宁，右江，百色，兴义，高桥。25日，昆明。

24日中秋节这一天，我还偶遇了"新疆行"返程途中的深圳车主。我们两车同桩并充。我因为开着ES8和汽车App上的"环行中国"直播而被认出。车友出行，即便双方并不认识，也没驾着同款电车，也会很热情地打招呼。车主们更像一个大家庭，这在全世界其他品牌的车友中，恐怕不多吧。

广西钦州到百色有一段汽车无法充电补能的向上盘山路段，我等不及保障车，只好硬着头皮上路。我算是个喜欢开快车的人，高速、爬坡、温度、载重等这几个因素，对电动车的续航能力有很大影响。被逼无奈的我，只好连这点能量转换的损失都计较，关闭能量回收！我不愿意把势能转化成电能，电能再转化成动能，这两次能量转化会损失加倍能效。

百色位于广西壮族自治区西部，右江上游。1999年12月11日，即百色起义七十周年纪念日之际，百色起义纪念馆正式开馆。坐落在后龙山公园的百色起义纪念馆是值得一去的。

看过电影《百色起义》。

顺便提一句：原来计划的与广西水下曲棍球队组织一场训练赛事，因为沿途苦于赶路而未能兑现。留待以后再访，参加中国杯吧。

9月28日
其宗村 到香格里拉。
住酒店后，直接启用(首次)自带的家充桩，接上酒店配电箱供电。18A电流。一晚够充满。

徒步老驴友李红，从德钦赶来，多年不见了，当年一行七人一起徒步梅里雪山。不知下一山，转哪峰？

29日 从香格里拉奔向梅里雪山，那一程曾经耗了1/3未完成的卡片转博。这是我第三次到！她脚下，挺其幸运，每次都一睹她尊容。另照金山。

上午去了机场边的牧场，浪春花。高原特有的多彩花。

李红在中途，安排顿丰盛午宴。松茸老鸭汤、牦牛肉。步行长江峡谷中一突出山崖顶上，风景一流，峡谷风穿世界，惬意地抗阴身。 惊然还见到了在美国加州已会消化了的七叶草。

晚点继续用酒店配电箱供电，充光微。下世莉安保障车也追欣。会合！从此过十一日数辕不忙的车程了。

(驾小车，肯不能停的)

世界外的世界

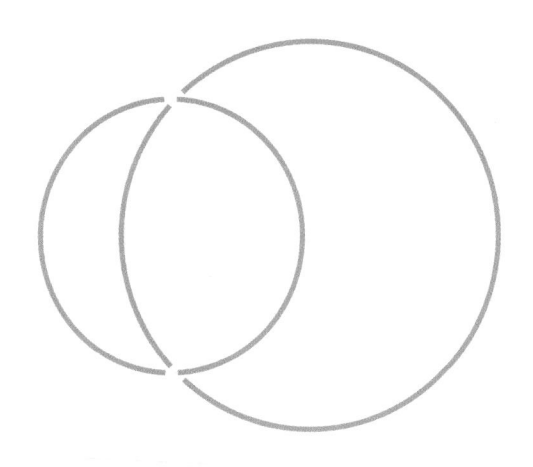

手机扫一扫
激情燃烧 / 老司机在路上

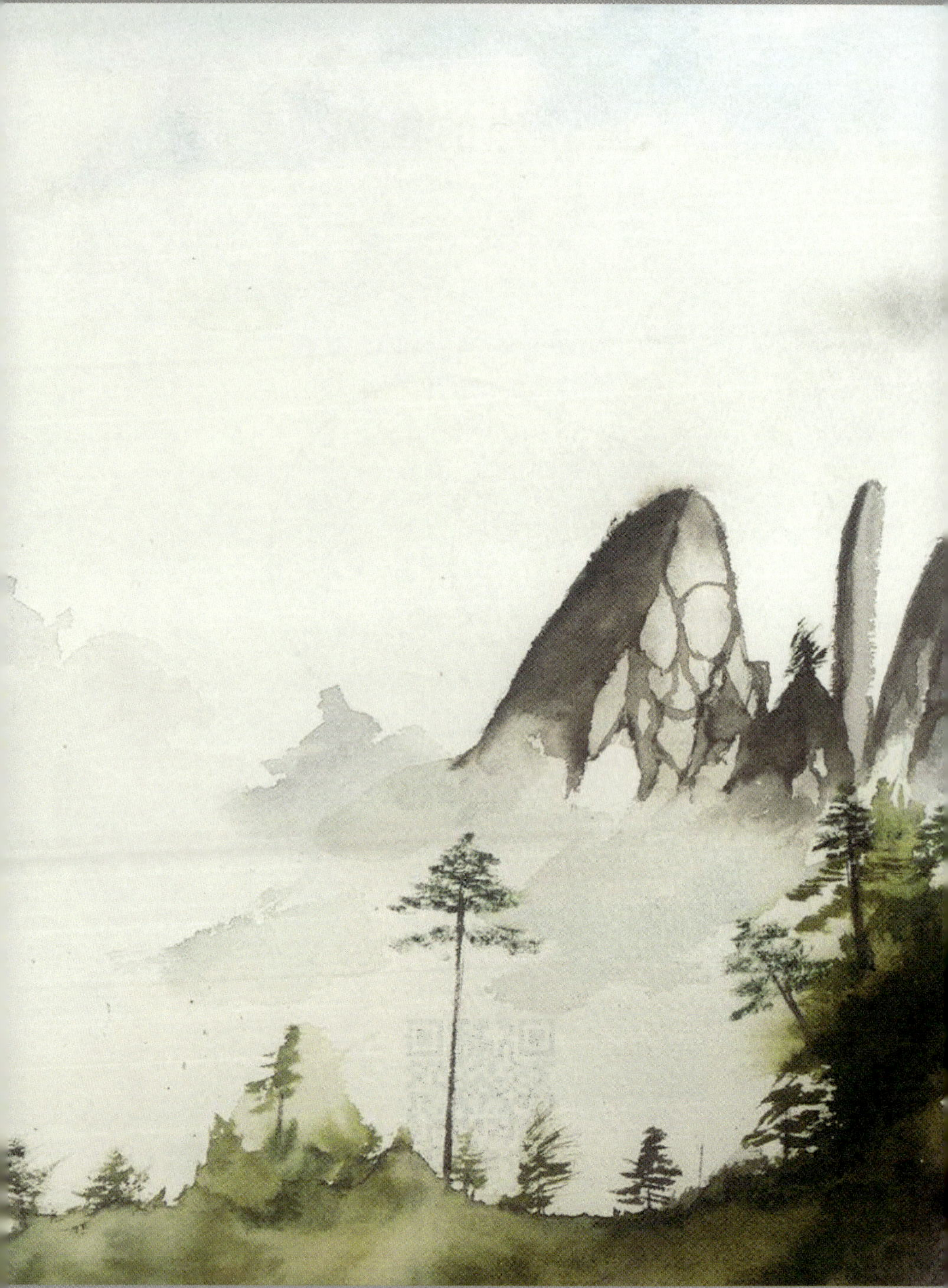

藏区多是蜿蜒的山路
胳膊肘弯遍整个旅途
与海上运动不同
这里的水也是在赶路
带着毋庸置疑的坚定
湍急着奔赴下一个目的地

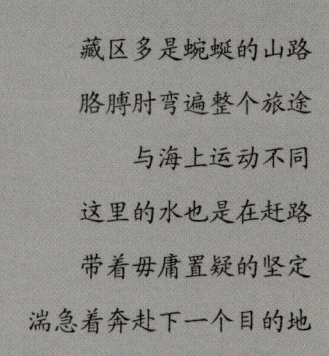

——我的微信发布（五）

在与大自然抗争中演绎精彩的瞬间,忘了被旋涡"溜"了多少圈。

不再为一顿食物而喜悦的我们，只能边欣赏着金丝猴们的小确幸，再回头继续劳碌奔波在各自的旅途上。

11 金沙江与金丝猴

海南到丽江路段，是我此行最忐忑的。

为了追回被"山竹"耽误的三天，我每天都需要开六七百公里，中途充电好几次，往往要到凌晨两三点甚至三四点才能休息。不仅要开车，还要找充电桩。这一段与我同行的负责汽车电气保障的电气工程师小熊看我实在疲倦，也会主动帮我开一段，让我稍稍打个瞌睡眯一小会儿，恢复点体力后再继续赶路。每晚临睡前，我也会吃一些助眠药品，再小喝几口威士忌帮助自己迅速进入深沉睡眠。直到丽江才把时间追了回来，行程得以按原计划进行。

9月26日，丽江。

金沙江上浪打浪。

长江上游的金沙江因江中沙土呈黄色而得名，还有如绳水、淹水、泸水、丽水、马湖江、神川等名称。一个个来头比较大，或者语出上古《禹贡》、五迷三道的《山海经》，或者是地理学经典《水经注》，要不就是大名鼎鼎的《说文解字》《汉书·地理志》。其实也不过尔尔，名字还是通俗易懂接地气的好使。

金沙江是川藏界河，穿行于川、藏、滇三省之间，从海拔5100米跌落至3300米的落差，让江势惊险无比，也使航运困难重重。

我从小知道金沙江是因为毛主席那首耳熟能详的《七律·长征》：

红军不怕远征难，万水千山只等闲。
五岭逶迤腾细浪，乌蒙磅礴走泥丸。
金沙水拍云崖暖，大渡桥横铁索寒。
更喜岷山千里雪，三军过后尽开颜。

那时候不懂事，一直以为金沙江的湍急流水拍击着两岸悬崖峭壁，才给人以温暖的感受。后来想想，这地理环境不可能有温暖的感受，才知道这是暗喻红军巧渡金沙江后的喜悦心情，是与后一句在修辞上形成对比——大渡河上的泸定

我居然可以在这江水里游泳？

桥横跨东西，只剩下十几根铁索，使人感到深深的寒意，寓意红军飞夺泸定桥的惊险悲壮，是文学笔法的描绘。

从云南省丽江市玉龙纳西族自治县石鼓镇至四川省宜宾市屏山县新市镇为金沙江中段，江水在川滇两省之间奔流1220公里。金沙江过石鼓后，由东南向急转成东北向，形成奇特的"U"形大弯道，成为长江流向的一个急剧转折——"万里长江第一湾"。当年红军长征北上时，就是选在水势较和缓的石鼓渡口横渡金沙江。

石鼓以下，江面渐窄，进入举世罕见的虎跳峡。江中有巨石兀立，相传曾有猛虎在此跃江而过，故名虎跳石，虎跳峡也由此得名。峡内急流飞泻，惊涛轰鸣，犹如虎啸阵阵。到了中段金沙江，由于"三江并流"地区未受第四纪冰期大

陆冰川的覆盖，加之区域内山脉为南北走向，这里成为欧亚大陆生物物种南来北往的主要通道和避难所，金丝猴、羚羊、雪豹、孟加拉虎、黑颈鹤等七十余种珍稀濒危动物和国家级保护动物栖息于此，秃杉、桫椤、红豆杉等三十余种国家级保护植物在此安家落户。

  国家一级保护动物金丝猴现在已被列入《世界自然保护联盟》（IUCN）2012年濒危物种红色名录。金丝猴有川金丝猴、滇金丝猴、黔金丝猴、缅甸金丝猴（怒江金丝猴）、越南金丝猴五种，均为珍稀品种，前三种为中国特有的珍贵动物。其实，这五种金丝猴产地的地质、地理、地貌和气候环境大同小异，恰好适宜于金丝猴这类典型的森林群栖动物，拖家带口、扶老携幼、男男女女、几十上百地集结在一起，

◀ 虎跳峡内急流飞泻,惊涛轰鸣,犹如虎啸阵阵。

▼ 金沙江边,金丝猴有川金丝猴、滇金丝猴、黔金丝猴、缅甸金丝猴(怒江金丝猴)、越南金丝猴五种,均为珍稀品种,前三种为中国特有的珍贵动物。

家庭成员之间相互关照彼此协作,一起觅食玩耍,一起休息。

我们在金沙江流域附近遭遇的是滇金丝猴,身体较川金丝猴稍大,尾相对较短,略等于体长;身体背面、侧面、四肢外侧、手足和尾均为灰黑色,背面同时具有灰白色的稀疏长毛,颈侧、腹面、臀部及四肢内侧均为白色。

我带着以往在动物园看灵长类动物的印象,走进金丝猴保护区,在专门守护这些小生命的工作人员指引下,用一种平等的方式与它们相见(以数量论,谁看谁还不知道呢)。我们有幸见到了它们进食的模样。小小的生灵,还不知道怕人,只憨态可掬地享受"午饭"。探访的时间选得巧,不但看到了数量更多的"小可爱",更能借着用餐的当口,和它们多相处一会儿。换在平时,可是扫一眼就不见的灵活主。

小小的生灵，还不知道怕人，只憨态可掬地享受"午饭"。

自然界的动物虽然一生为了食物和繁衍奔波，看似庸碌无为，倒也心境清宁。对于自己的濒危状态浑然不知情，倒也是另一种幸福。生活优先级明确的日子，不闹心不焦虑。在这点上，不会为一顿食物而喜悦的我们已然无法再走回头路了。于是只能欣赏着它们的小确幸，再回头继续劳碌奔波在各自的旅途上。

12 其宗村遇"浪里白条"

历时60天，行程超过2万公里，与其说是我一个人的"环行中国"，不如说是大家的"环行中国"。一路上除了汽车服务团队的鼎力支持，全程保障，更得到了好友的无私相助。在一些路段，我会邀请一些好友，亦是某个领域的专家，我称他们为"环行中国"的神秘嘉宾，跟他们就一些话题进行深入对话，让大家全面了解他们的故事，从而体味他们身上那种对极致的追求、对极限的无畏。这一路上，他们的陪伴，也是我克服一路单调与寂寞的独家秘方。

9月27日，午餐后我从丽江出发，约行160公里经四个小时车程到达其宗村。这是维西傈僳族自治县塔城镇的一个小村子，却因地处金沙江边的特殊地理位置而在滇西北赫赫有名，古时是吐蕃、大唐、南诏国边界，是维西通往香格里拉的必经之地，号称"鸡鸣响四县"——其宗村的鸡一啼鸣，四个县都能听见。倒不是说其宗村的鸡有多好，有帕瓦罗蒂般高亢嘹亮的嗓音，而是其宗村处在四地交界处：自身所在的维西县，金沙江对岸香格里拉的五境乡，村东下游丽江玉龙纳西族自治县的塔城乡，村西上游德钦县的拖顶傈僳族乡。

其宗村既在云南"三江并流"风景区内，也在白马雪山国家级自然保护区内，是多民族文化的荟萃之地。从攀天阁

以金沙江的"浪""嗨"一场漂流。

乡到其宗村，短短几十公里的腊普河谷地带，生活着藏族、傈僳族、纳西族、彝族、普米族等少数民族。附近有达摩祖师洞、金沙江大桥、滇金丝猴国家公园等景点。

因为地处交通要道，村子渐渐显出小镇气质，主街盖起水泥砖头的新楼房。走进村后山脚，则是传统木石建筑，与核桃森林、梯级水田构成一派江南风光，整个维西的腊普河谷都是如此。当地少数民族开的饭店就在金沙江旁边，附近的客栈房间搞得挺卫生，还有网线，每天80元；老板娘的手艺很不错，尤其是米线；另外，山草喂出来的猪肉也好吃，当然还有金沙江水养的鲤鱼，都是灶台烧出来的。维西是鱼米之乡，其宗村的风光让人陶醉，溪水、江水、青山、石头山、蓝天、白云……随处可见果实累累的柿子树，无人采摘。晚上到其宗桥上散步，听着桥下的江水声，望着远处的达摩祖师洞的灯光，头上是清澈的星空，顿感身心愉悦。

我是专程来这里的，目的是要和被戏称为"浪里白条"的须卫国、漂流专家禾力、新藏民中的"斜杠青年"代表丹增，以及跟拍视频的喇嘛达吉会合，以金沙江的"浪"建立友情，"嗨"一场漂流。

漂流专家须卫国时常纠结于到底是改名"须浪里"还是"须白条"。他十几年前开始玩滑翔伞，所以微信名叫"蓝鸟"，也是各项极限运动的狂热分子，滑翔伞、雪地风筝、白水漂流、冲浪、滑雪都是他的最爱。我们认识很久了，久到可以带着我俩的下一代一起飞伞、滑雪。

那会儿他已在筹划月底的新疆阿勒泰高山滑雪，还有登西藏六千米高山滑雪，12月份还要组织怒江的白水漂流。他第一次漂流是在贵州的赤水河，当时参加了当地俱乐部皮划艇和桨板的比赛，赛后主办方组织一起漂赤水河。坐在大筏子里随着咆哮的河流一路奔腾而下，各种跌宕起伏与河水融为一体，那种感觉非常刺激美妙，从此他一发不可收，爱上了白水漂流。现在经常找河流漂，而且是找那种原生态的大河，不过已经越来越少了，好多大河的上游都建了或正在建水电站。他漂过的河流有云南的金沙江、澜沧江，贵州的赤水河、洛北河，广西的桑江、漓江，福建的大樟溪，四川的大宁河，等等。

禾力目前是国内白水漂流的专家，他十年前创办了昆明禾力户外自行车运动俱乐部，便一直沿用此名至今。后来因年龄大了，专业自行车比赛充满了危险，改为划船健身。他对大筏子的技术操控与白水激流的驾驭能力都是很强的，得

在金沙江，漂流高手也不断落水，被卷进激流旋涡里。

过两次激流艇全国比赛冠军。他和须卫国曾经一起漂流过金沙江、澜沧江，现在一起在筹划12月的怒江漂流活动。

漂流最初起源于因纽特人驾皮船和中国划竹木筏，那时候都是为了满足人们的生活和生存需要。所以，漂流最早只是人类的原始涉水方式，二战以后才成为一项真正的户外运动——一些喜欢户外活动的人尝试着把退役的充气橡皮艇作为漂流工具，逐渐演变成今天的水上漂流运动。

驾一叶没有动力、仅靠船桨掌握方向的小舟，在时而湍急时而平缓的水流中顺流而下，在与大自然抗争中演绎精彩的瞬间，漂流无疑是一项勇敢者的运动。在忙碌的都市生活中，人们寻找的就是这样的一种激动，一种区别于平凡生活的独特。这是我为之倾倒的，我喜欢这样的运动。一条蜿蜒流动的河，延伸在峡谷坚硬的腹地。乘着橡皮艇顺流而下，天高水长，阳光普照，四面青山环绕，漂流其间，迎面而来的是一种期待——期待刺激，期待惊险，期待与自然的博弈，

期待刺激，期待惊险，
期待与自然的博弈，期待有惊无险后的轻松。

期待有惊无险后的轻松！

在我国，漂流运动起步较晚，从 20 世纪 50 年代才开始进入人们的视野，随后，激流皮划艇、障碍回旋、激流马拉松、皮艇球等项目应运而生。但大多数的水上漂流活动还仅仅停留在对自然河段的小范围利用上，真正开发出来的商业性河流资源还比较少。漂流运动以其特有的运动形式成为现代人融入自然、挑战自然的方式。

对关于探险性漂流的注意事项，建议去看英国皇家特种部队的《生存手册》。你不仅要成为一个出色的舵手，能在重重旋涡中穿梭自如，你还要学习如何在野外生存，如何选择宿营地，如何寻找食物，等等。不同的激流，大小和形状等各不相同，一些是短促的突如其来的一股大水流，而另一些是几百米长的一泻而下的水流。在河流的某些地段，由于水面分布着错综复杂的巨石，水流被分散拓宽而流速减缓，在狭窄的悬崖缝中，则飞速挤压而下；有些通道是直的，另

蓝鸟(中)、禾力(左)与我(右)在金沙江畔。

在忙碌的都市生活中，
人们寻找的就是这样的一种激动，
一种区别于平凡生活的独特。

一些通道则狭长扭曲，使主流与崖壁碰撞；一些有斜度但不被确定为上游河水，另一些则有着和上游河水完全不同的巨大的落差，以至于像一条地平线一样横跨在河中。

漂流是体能与胆量的挑战，玩的就是心跳——这一类"心跳"休闲活动，好玩的同时必须保证安全。

天公还是比较眷顾我们这些来自四面八方的"漂友"的。本次漂流是在金沙江其宗村的上游段，因为季节关系，9月的水量比较大，好多滩的落差变小了，最佳的漂流季节其实应该是12月到次年3月，眼下刺激程度大大减弱了，而且水也比较浑浊。对我这种初级选手，倒是个绝好时机。

这次漂流，蓝鸟与禾力搭档，以单人桨板之姿带领菜鸟漂流皮艇，其间漂流高手也不断落水，被卷在激流旋涡里。这在旁人看来绝对是惊呼救命的时刻，不过对于我们这些又是潜水，又是水底曲棍球、橄榄球的"老司机"，却只是忙着数圈数，一二三四五六七……数过十圈，还没有见蓝鸟从旋涡里解脱出时，还是担心了起来，好在第十二圈，他逃离了旋涡，扎西德勒！我和其他人一组，以单人桨板加漂流皮艇组成啦啦队；当然我也在不停地嬉笑打气间扑通落水，但打气的劲头和求生的本能还是杠杠的。不过这时我才知道，尽管水性对我等来说不是问题，况且还穿着救生衣，但刺骨的水温绝对是个问题——这水是雪山融化的雪水，下次再来得换上自由潜的服装。我这驾驭桨板的技术在这个不那么激烈的混流里，还是欠火候，落水了几次，就消停了，也彻底打消了想借这次机会向禾力学习"因纽特翻滚"的念头。这群临时组团的来客，摸不清暗流，也找不好方向，但二十公里两个小时，足够我等沿途聆听天籁，感受山中的阳光，丝毫不妨碍金沙江的日头记录下宜人景色和灿烂笑容。

驾一叶没有动力、仅靠船桨掌握方向的小船
在与大自然抗争中演绎精彩的瞬间

蓝鸟的话：

　　这次"环行中国"的程舒是我十多年的朋友了，因为极限运动而相识，我们都是上海人。程舒这人运动爱好广泛，对新生事物接受比较快，而且有着良好的运动天赋，"上天入海"都拿得起放得下。他这个年龄还能保持年轻的心态和良好的身体素质非常难得。

13 听一朵蘑菇的生长吧

　　一路风驰电掣，补能算距离，赶路避台风……

　　很多人问起如此奔波的意义，似乎万事总要说出个所以然来，才能得到别人的认可和给自己一个交代。那么，停下来，听一朵蘑菇的生长呢？

　　这片山林是有主的，植物和动物都是。人类作为地球晚近出现的物种，依王东岳《物演通论》的"递弱代偿"原理推演，绝对是大自然的闯入者，抱着"你好，打扰了"的心态总不会错。滇金丝猴显然是开朗好客的，即使在两三千米海拔处生活着3000多只，也丝毫不介意向人们展示进食的模样。植物则是另一种生灵，无法移动，却仍然向着阳光，美丽且扎根大地，柔弱而坚强，且在各种不可能的地方出现，晃你心神。

**生命是闪耀着的此刻，不止过程，
更不是目标达成，
就像芳香不需要道路一样。**

  一个人，生活可以变得好，也可以变得坏；可以活得久，也可以活得不久；可以做一个艺术家，也可以锯木头，没有多大区别。但是有一点，他不能在醒来的时候觉得自己不堪入目。一个人应该活成自己，并且干净。

  从叶到花，或从花到叶，于科研是一个过程，而于生命自身则永远只在此刻。花和叶都是一种记忆方式。果子同时也是叶子。生命是闪耀着的此刻，不止过程，更不是目标达成，就像芳香不需要道路一样。

  我是比较崇拜自然的，自然包含的一切在我的心目中是有灵性的。它有少女般的圣洁，有母亲一样的仁慈；它像猛士般强悍，像英烈一样悲壮。或者受直觉的驱使，或者是理性的想象，我在出行的途中，喜欢捕捉一种万物变化而又趋于协调的意象。我坚信宇宙存在统一规则。

  中国人只创造了两个理想，一个是山中的桃花源，一个是墙里的大观园。而我不过是把大观园搬到了路上。这时候我才感到我从文化中间、文字中间走了出来，万物清清楚楚地呈现在我的心里，一阵风吹过，鸟开始叫了，树开始响了，那么你是否可以安下躁动的心呢？

  我隐约记得有谁说过：只有在你生命美丽的时候，世界才是美丽的。所以我说：你的视界，决定了你的世界。

大自然像猛士般强悍,像英烈一样悲壮。

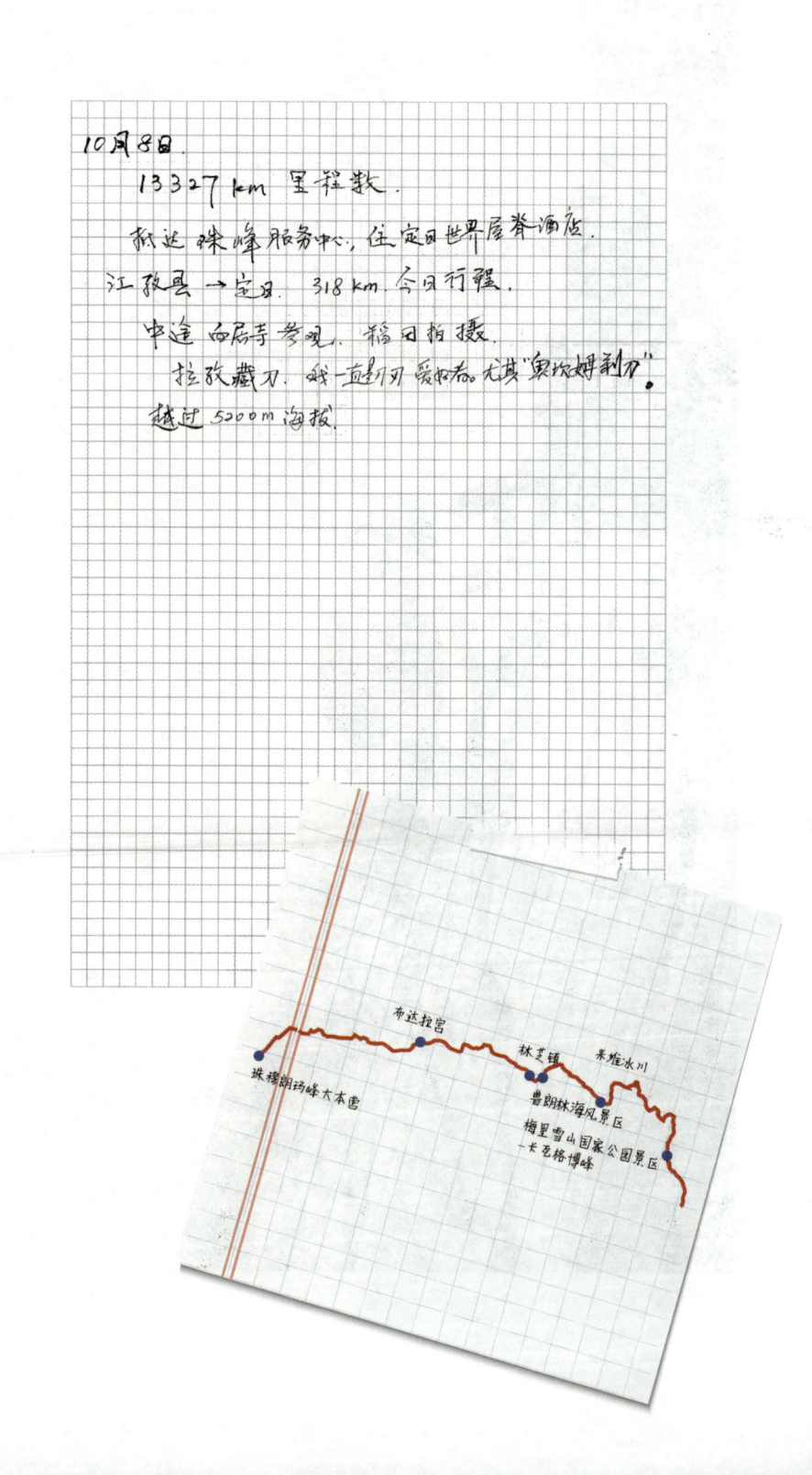

10月8日
　13327 km 里程数。
　我进珠峰服务中心，住定日世界屋脊酒店。
江孜县 → 定日　318 km 今日行程。
　中途向扇寺参观，稻日拍摄。
　　拉孜藏刀。我一直刃刃爱好者。无疾"桑坎姆利刀"。
　越过 5200m 海拔。

吹过的风都是文化

手机扫一扫
激情燃烧 / 老司机在路上

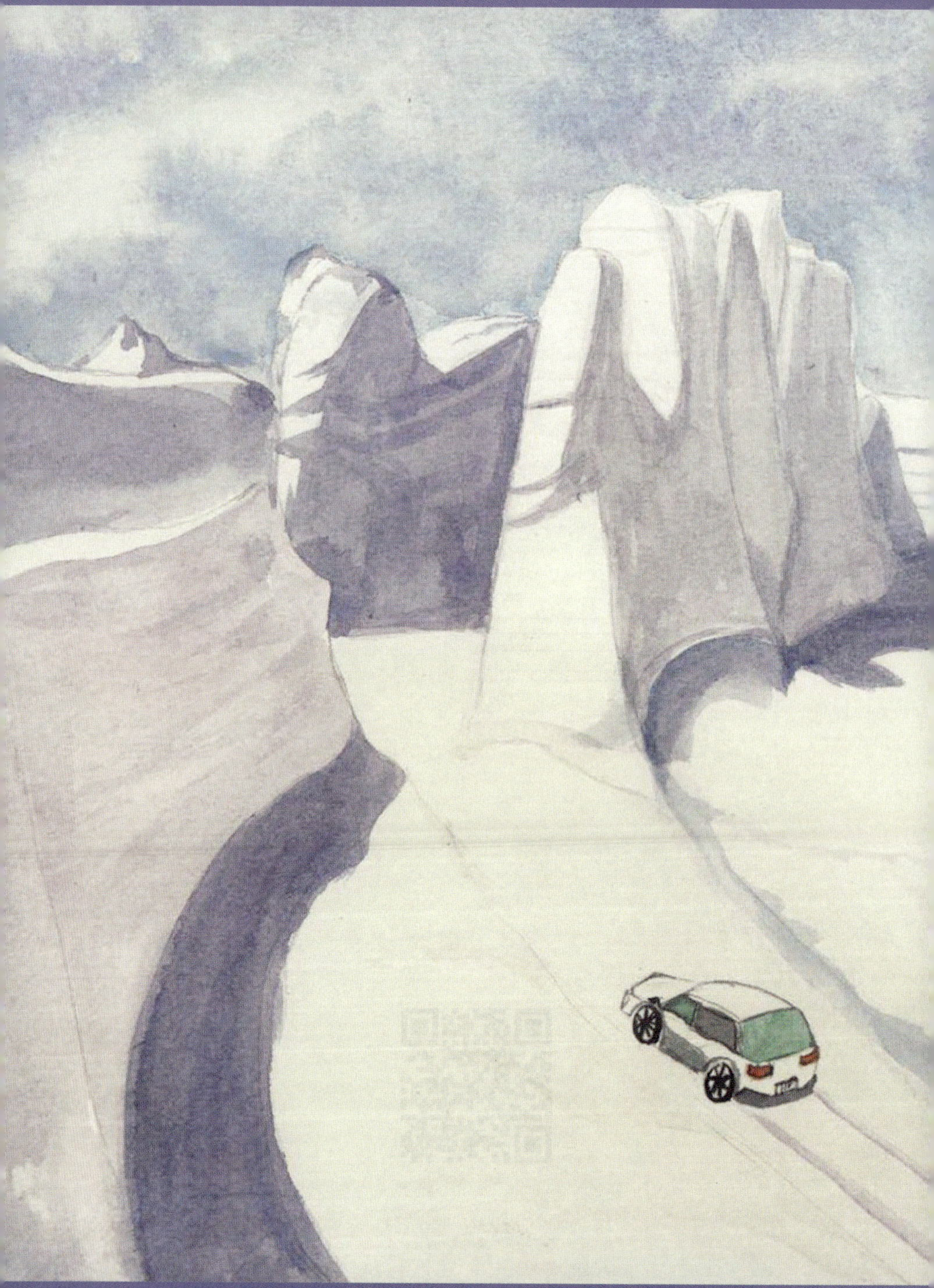

双手合十，低头祈愿

这些都无关臣服

心存的是敬畏

与自然平静相处的淡然

带着这一份吉祥

继续上路

——我的微信发布（六）

14 入藏：盐井加加面

9月28日，香格里拉。29日，梅里雪山，德钦。30日，途经盐田。

有朋友说,怎么很少听你说起吃的？是一路狂奔的忽略,还是本来就不太在意？我个人的确是不太在意吃的，即便有美食家的敏感味蕾，也没有吃货们的追逐兴致，也就说不大好，不大会说，说不清楚，也说不到点上。但是盐井和加加面还是值得一说的。

扎营在西藏然乌湖的"探路者"。

　　由云南进藏第一个打卡点就是盐井。
　　已有1300年历史的芒康盐井古盐田，在西藏芒康县盐井纳西民族乡澜沧江的东西两岸，是我国唯一保存完整的采用最原始手工晒盐方式的地方，是世界上独有的一处人文景观。盐井，当然是由于产盐而得名。早在唐朝时期，就有盐井晒盐的记载：西藏吐蕃王朝以前，盐比金子还要昂贵，所以盐井就成了兵家的必争之地。西藏的部落各占一方的时候就有盐田，据说在多康六岗当中，芒康岗是产

他们踏着澜沧江湍急的节奏,沿着祖先的足迹,长年累月与盐井相伴。

食盐的岗,所以很出名。传说中藏族格萨尔王和纳西王羌巴为争夺盐井和食盐而发生了交战,最后格萨尔王战胜了羌巴,占领了盐井。

盐井产盐采用世界上最古老、最原始的工艺,不仅生产工具原始,方式也是最原始的,纯属于天然风干。盐民从澜沧江边的盐卤水井中以木制桶背上卤水,倒在各自的卤池中风干浓缩,再倒在盐田里,经过日光强烈照射,水分逐步蒸发,结晶成盐粒,晒干运入市场进行商品交易。牧区最喜欢盐井的盐,说牲畜吃了此盐,身体长得结实、肉多。

盐井是块风水宝地,盐井村就驻扎在山神的怀里。这里自古就是交通要道,过去是"茶马古道"的重要驿站,214国道的必经之路,历来是各种商品集散地。不同区域的盐井

他们慕名而来吃加加面,带着自己的故事。

所产之盐有各自独特之处,如澜沧江两岸,西岸地势低缓,盐田较宽,所产的盐为淡红色,因此俗称桃花盐,又名红盐;江东地势较窄,盐田不成块,一处一处的,但产的盐却是纯白色,称为白盐。红盐和白盐的颜色与土质有关。红盐产量高,但价格低;白盐多在江东高地筑田晒得,量少,略贵。

走进盐田,盐民在险峻的羊肠小道上背着木桶运着盐卤水而过。他们朴素勤劳、纯朴善良,长年累月从事这项原始而独特的工作,无数次走在险峻的小道上,背着木桶,踏着澜沧江湍急的节奏,沿着祖先的足迹,在狂呼怒吼的恶劣环境下,勇敢无畏地追求着生活,延续着生命。

现在去盐井旅游的人很多,骑自行车或徒步的游客也特别多,但是大多数人并不是冲着盐井来,而是冲着这里希夏邦马峰——唯一完全在中国境内且海拔超过 8000 米的山峰。

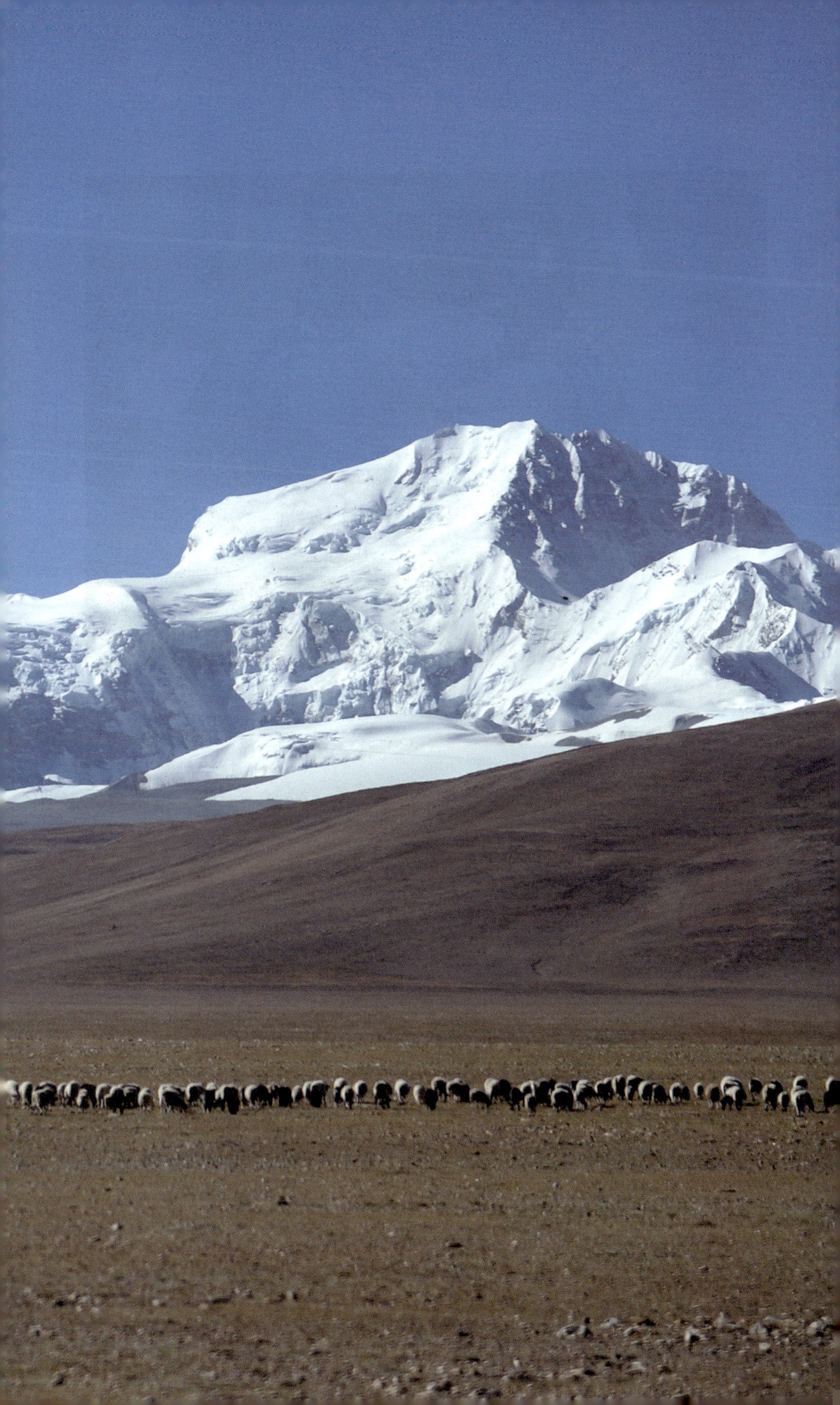

在桌上放石头记录吃的碗数,吃完一碗,就放上一颗,临走时按照石头来结账。吃饱了的人须迅速将筷子交叉置于碗上,否则就要与加面姑娘的手速过招了。

的饮食文化——加加面。他们慕名而来吃加加面,带着自己的故事,有欢笑,有汗水,有期望,为加加面增加了很多感情色彩。

　　加加面很有名气,上过纪录片《舌尖上的中国》,所以,旅人到了盐井,都会去光顾。加加面是滇藏地区的特色小吃,仅从字面上来理解,就是每次煮一大碗,但不是一次吃完,而是装五六根在小碗里,每个小碗也就一口,用筷子一挑,就送下了肚。吃完以后由服务员再分次不停地往小碗里添加,吃完一口加一点,一口一碗,吃完再加,如此反复,食量大的要吃上几十碗,直到吃饱。所吃的碗数主人并不用笔去记,而是在桌子上放石头,吃完一碗,就放上一颗,临走时按照石头来结账——此地的最高纪录是147碗，据说由一位骑行滇藏线的驴友创造，至今无人打破。这一饮食传统已经保持几百年了。

加加面和其他的面相比，其实没有太多差别，只是在和面的时候多费了一些功夫。揉、按更多次，出来的面拇指粗细，长十几厘米，筋道有味。面汤基本上和藏面的面汤一样，由牦牛肉熬制。熬汤最费时间，需要提前一天开始熬煮骨头，然后做成美味的骨头汤，滋味十足。佐料极其讲究，是用当地的猪肉做成肉末，吃的时候再加进去煮，面条同肉末混合在一起，味道极鲜美。筋、韧、鲜、嫩是最直接的味蕾冲击。面条筋道，入口弹滑，咸香中弥漫着些许清甜。一般还配有几碟小菜，都是腌制的白菜、萝卜，精致爽口。热腾腾的一碗面吃下去，补充体力，增加热量，立刻满血复活！

吃加加面，吃的是休闲和娱乐，至于烦琐的服务，是表示对远方客人的欢迎。好吃又好玩，是呼朋唤友的好地方。唱着助阵歌的服务员小卓玛先声夺人，让大家觉得热情满满。在鲜艳、古朴、充满浓郁藏族特色的小屋里，大家围坐一圈，听小卓玛唱着藏歌欢迎你。藏族姑娘都是天生的歌手，都有一副亮丽的嗓子，多高的音也能轻而易举地唱上去。漂亮的卓玛们一边大声唱着歌，一边手脚麻利地将面从锅里捞出来，分装在小碗里。热气腾腾的青稞面，加上藏香猪肉，流水样穿梭在客人们中间，不停地端到你面前，看到你吃完，又眼疾手快地倒进你碗里，一边还大声地喊着：加油吃！谁要是能吃超过147碗，终身免费，还奖励500元现金！

好吧，开吃！吃饭的间歇，大家比拼着看谁吃了多少碗，很是热闹。但破纪录，是不可能的！一碗面看起来这么一小口，但是累计起来分量也是很真实的。刚开始，还不断有"小妹，加面"的声音响起，慢慢地声音变少，直至完全消失，取而代之的是"不，够了""我不要了"的声音陆续传来。小妹看了看碗旁边的石头，笑了笑："这可不行，怎么也要吃够十碗才可以，十全十美嘛。"于是，面顺势又加上了，硬着头皮吃完面的同伴刚想松口气，一不留神，面碗中又倒了一碗。饱腹者须迅速将筷子交叉置于碗上，否则就要与加面姑娘的手速过招了。

我们一行人中最多的也就吃了15碗，对147碗的免单奖励，不敢妄想。

15 生命不易，且行且珍惜

10月1日，芒康—邦达，"怒江七十二拐"。

"这里的山路十八弯，这里的水路九连环……"相信很多朋友听过这首脍炙人口的高原畅想曲，在脑海里也曾勾画过"山路十八弯"的壮观景象。但是，当你哪一天真的站在了曲曲弯弯的"山路十八弯"前，一定会大跌眼镜！何况高原不同于平原，更为蜿蜒更为崎岖。川藏线上的"怒江七十二拐"，真的拐到让你"感到万分沮丧，甚至开始怀疑人生"的程度；相比之下，拐来拐去"十八弯"才仅仅是"七十二拐"的四分之一。"怒江七十二拐"是与210国道在贵州境内遵义凉风垭山上"七十二道拐"齐名的弯道密集型盘山公路，都是全国著名的"魔鬼路段"。

川藏线上的"怒江七十二拐"在邦达海拔4300米的川藏南线和北线的交汇点，位于318国道左贡和八宿之间，是著名的"茶马古道"的必经之地。海拔落差1450米，全线约12公里。由于四川境内几座高山隧道全通，邦达至八宿段"怒江七十二拐"的这一截悬崖公路，成为川藏线上唯一

"怒江七十二拐"，每个拐都是鬼门关。

的"拦路虎"了，弯连着弯，像是一条巨大的蟒蛇，缠绕在山肚皮上。

  这里曾经是"眼睛在天堂，身体在地狱"，有纵坡、横坡，合成坡度更是艰难。这些拐又急又陡不说，还大多是U形弯，弯拐得如此"曼妙"，每个拐都是鬼门关，令人望而生畏。但经国家大力修缮，当年险恶的"拦路虎"温良多了，自驾而行，多少有点晕而已，也并不妨碍我在最后的几道连续急拐中，听听ES8的磨胎音。

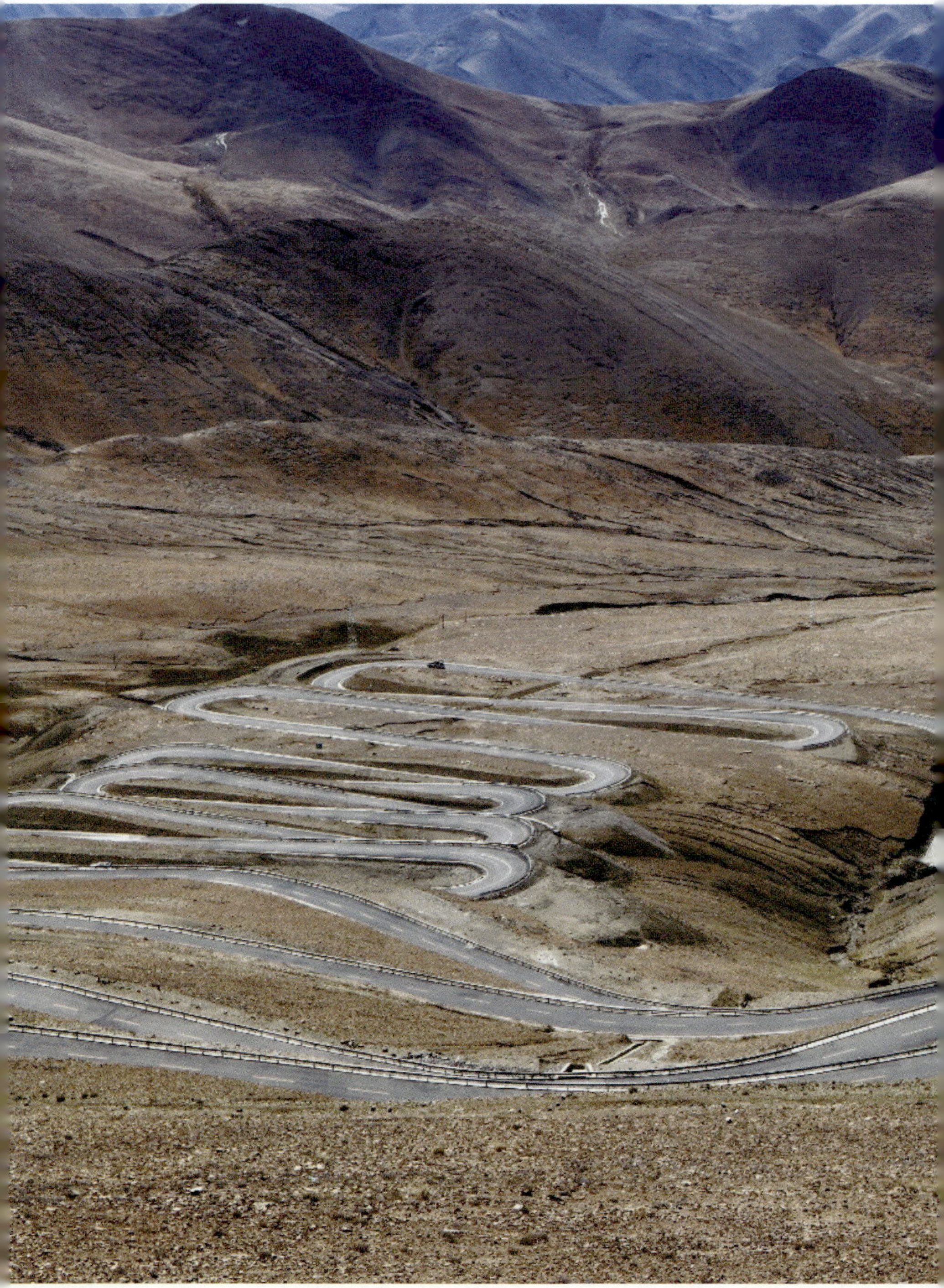

眼睛在天堂，身体在地狱。

远眺中国最美冰川——米堆冰川。

　　不过大多外来司机整个走完"怒江七十二拐",多半都被拐得恍惚而茫然,为了让自己的身体和灵魂复原复位,不得不停下稍事休息,所以拐底的餐厅生意好得很,除了餐饮以外,外赠免费洗车服务。老板亲自为我这台他第一次见识的电动车冲刷时,着实觉得奇怪:"咦,你是怎么下来的?不用刹车的?"原来所有车辆被冲洗到轮毂时,都会"呲"的一声冒蒸汽,因为刹车片发热。确实,这个长坡我并没怎么带刹车。不过这次我启动了高能量回收,发电机的阻尼既省了刹车,又回馈了电能。在这段路程中驾驶这辆车,我可

以有几十次急加速，但可以没有一次急刹车——畅！

在惊叹山下鬼斧神工美景的同时，我对自己说：生命不易，且行且珍惜！

10月3日，中途，米堆冰川。

米堆冰川曾被《中国国家地理杂志》评为中国最美冰川，位于林芝市波密县玉普乡境内的米美、米堆两村之间的米堆河上游，但从八宿县然乌镇前往要比从波密县城出发近得多。

虽然从川藏公路进入米堆的岔路口没有标志，但这个岔路口处于川藏公路上的"米堆一号"明洞和"米堆二号"明洞之间，比较容易找到。

驶离川藏公路，过了横跨额公藏布河的新建的公路桥后，只见一条两面均是悬崖绝壁的峡谷，沿着小河修建的村道仅能通过一辆车。再走几公里，突然出现大片宽阔的谷地，远处两条壮观的冰瀑布挂在雪峰与森林之间，犹如两道从天而降的巨大银幕……要与米堆冰川做近距离接触，没那么简单，还要徒步走进层林尽染的森林，还要费力翻越三道冰川运动留下的终碛垄。当走上第三个终碛垄时，一个冰湖出现在眼前。冰湖的另一端有一道宽近两米、高达十数米的断裂的冰舌，发出幽幽蓝光。从天而下的冰瀑布在阳光下闪着银色的光芒，近八百米的落差让人感到一阵晕眩。一阵阵从冰川上吹来的寒风迎面扑来，在强烈的阳光下，让人不寒而栗。

冰瀑奇观只有在补充丰富且消融得快的冰川上才会出现，如消融快而补给不足，冰瀑就会中断，形成"悬冰川"；而若补充过快而消融不及，冰雪就会把悬崖埋没。米堆冰川是一条有灵性的冰川，补充和消融都很均衡。

距米堆冰川脚下才两公里的那个叫米堆的藏族村子，海拔不高，温暖多雨，村子周围除了肥沃的耕地就是茂密的森林。用原木搭建的藏屋大多是二层小楼，第二层有一半是晒台，晒台上支起的木杆上搭满了收获的小麦和青稞。每家都有一个像篮球场大小的院子，里面不但长着高大的乔木，在树旁还插着几面风马旗，在树林中随风飘扬，不经意间还误以为自己走进了一个森林公园呢。

村民们憨厚朴实，相当热情，见到远道而来的游人，都会叫进屋喝碗奶茶，甚至会为你准备一顿丰盛藏餐。至于吃不吃得下，就要看造化了。有人渐渐喜欢上了这口，自然大快朵颐，有人固执于自己家乡的口味，那就难说了。

峡谷深处，寻味而来。

　　走南闯北、出行天涯海角的人，饮食这一块上是不能太过计较讲究的，到什么山砍什么柴，不能也不可能这样不吃那样不吃，忌口忌讳很多。想要领略不同民族、不同地域的风情美食，是绝对不能陷入自我设置的窘境的。

　　到了"人间净地，最美林芝"，入住的是据说特别温馨的白玛丽珍家庭旅馆。

　　一进去，主人就说他们家装了充电桩。这一路从邦达开始，就一直在用补能车补电，再次用上充电桩，没想到是在这里，这让我非常震惊。他们说我这辆 ES8 是他们的第一个"客户"。

　　充电桩的概念、绿色电车的概念，实际上早已被很多人接受了。祝愿不远的将来（估计也就两三年时间吧），电动车无须补能车接济，也能很自由地驰骋在中国大地的每一个角落。

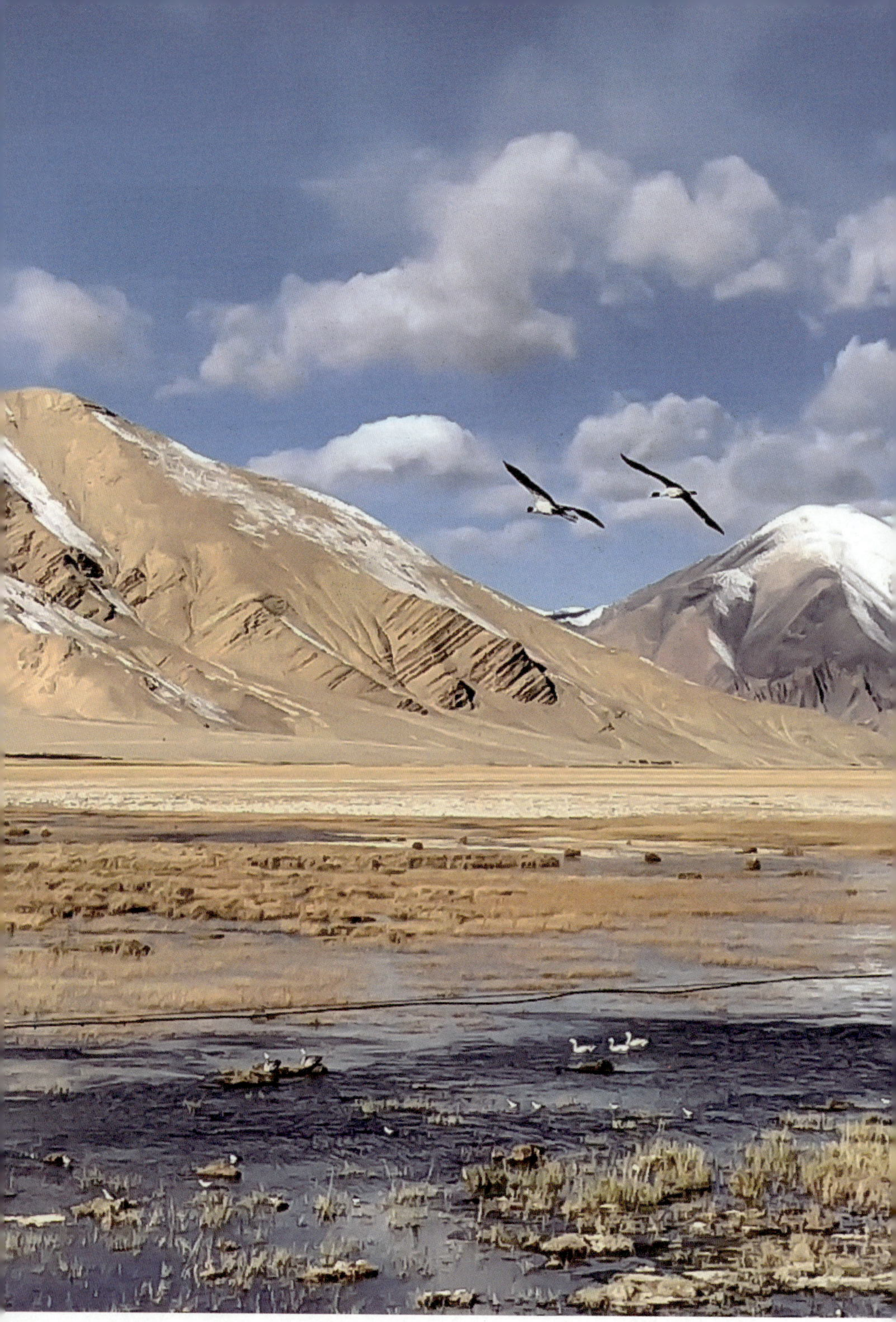

人间净地，最美林芝。

148

◀ 从他们家的院子里可以眺望云雾缭绕的雪山，满院开满了美丽的格桑花。

西藏这个地方，吹过的风都是文化，踩的地全是历史。

住在这个家庭旅馆里很有家的感觉，再加上美食的犒劳，我暂时忘却了车马劳顿。

从他们家的院子里可以眺望云雾缭绕的雪山，满院开满了美丽的格桑花，主人还准备了很多道具，可以玩 cosplay。我要给大家隆重推荐一下他们的石锅土鸡汤，超好吃。

后面的行程应该不会太艰辛，因为我不是去探险，基本是在公路上跑，路况应该还是比较好的。现在中国的公路建设真的非常不错。如果从驾驶方面来说，我认为后面的路可能会比滇藏线更加容易开一些。

接下来的挑战，可能还是自己心理上的那种无聊，随着海拔高度不断升高，3000 米、4000 米、5000 米……风景也会逐渐乏味单调。现在这个时间，有的路段已经没有什么植被了。进入冬季降雪时节，公路会不会因此而封闭，或被雪覆盖掉看不见路基？这可能是一个问题。

我会去珠峰大本营的，可能还会邀请一位神秘嘉宾，她是好多年前和我、李斌、梁卫平等其他几个朋友一起转山徒步的队友。这次还会去冈仁波齐转山，争取两天内徒步转完，然后继续西行阿里地区。上一次大本营我可是"高反"得厉害，而这一次，年岁大了，应该"反"不出来了吧？

记得有人说过：西藏这个地方，吹过的风都是文化，踩的地全是历史。

我去西藏，却是为了雪域里的风景！

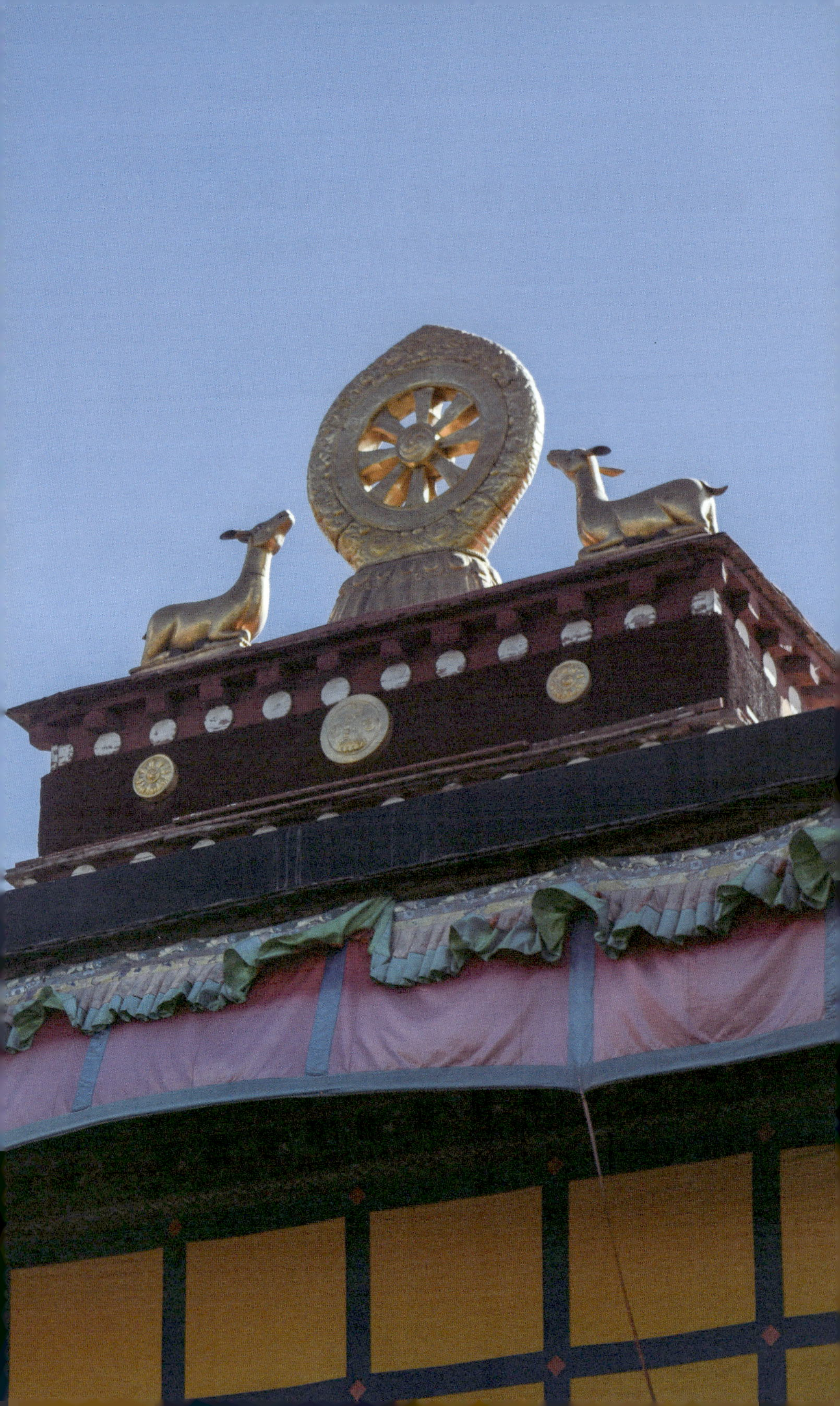

16 第三次到拉萨

10月5日，到了拉萨，去了大昭寺。

这是我第三次来拉萨，却是第一次进大昭寺。我并不是一个宗教信徒，但对宗教，我怀有敬意。在我眼里，大昭寺是记载着西藏信仰和历史的地方，更是虔诚者心灵的皈依。

位于拉萨老城区中心的大昭寺，又名"祖拉康""觉康"，藏语为佛殿的意思，是一座藏传佛教寺院，拥有至高无上的地位。大昭寺是由藏王松赞干布建造的西藏最早的土木结构建筑，开创了藏式平川式的寺庙规式，也是西藏现存最辉煌的吐蕃时期的建筑。拉萨之所以有"圣地"之誉，与这座佛寺有关，寺庙最初称"惹萨"，后来"惹萨"又成为这座城市的名称，并演变成当下的"拉萨"。

一千多年的历史进程中，经过元、明、清历朝屡次修改扩建，大昭寺才形成了现今的规模，25000多平方米的建筑融合了藏族、汉族等民族和尼泊尔、印度等地区的建筑风格，成为藏式宗教建筑的千古典范。大昭寺的布局方位与汉地佛教的寺院不同，其主殿是坐东面西，高四层，两侧列有配殿，布局结构上再现了佛教中曼陀罗坛城的宇宙理想模式。寺院内的佛殿主要有释迦牟尼殿、宗喀巴大师殿、松赞干布殿、班丹拉姆殿、神羊热姆杰姆殿、藏王殿等。

环大昭寺外墙一圈称为"八廓"；大昭寺外的街道叫"八廓街"即八角街，是一条古老而热闹的商业街；以大昭寺为中心，包含布达拉宫、药王山、小昭寺在内的一大圈称为"林

◀ 大昭寺是记载着西藏信仰和历史的地方，
更是虔诚者心灵的皈依。

无数的宫殿死去了,成为废墟,
或者成为博物馆,丧失了生命力。
而布达拉宫继续活着,作为某种精神的载体,
屹立于世界屋脊之上,活在过去与未来之中。

◀ 大昭寺外的八角街，是一条古老而热闹的商业街。

廊"，已绕拉萨城大半。这从内到外的三个环形，便是藏民们行转经仪式的路线。

从大昭寺金顶可以看到大昭寺广场，右边远处的山上是布达拉宫。大昭寺前终日香火缭绕，万盏酥油灯长明，留下了岁月和朝圣者的痕迹。信徒们虔诚地叩拜，在门前的青石地板上留下深深的印痕。经多年摩擦，门口的石头地板光亮如镜。

晚上去布达拉宫拍些夜景，广场上有彩色喷泉，霓虹艳丽。第二天，也就是10月6日，我第一次进入布达拉宫。布达拉宫最初为7世纪时吐蕃王朝赞普松赞干布为迎娶尺尊公主和文成公主而兴建，是世界上海拔最高的宫殿。

布达拉宫是个"活着的圣殿"。有文章曾写道："无数的宫殿死去了，成为废墟，或者成为博物馆，丧失了生命力。而布达拉宫继续活着，作为某种精神的载体，屹立于世界屋脊之上，活在过去与未来之中。……布达拉宫是一个活着的巨大珍宝。漫长的历史、神秘的传说、杰出的建筑、无数依然在呼吸的文物、永不终止地环绕在它四周的朝圣者，一起构建了布达拉宫的生命。"

许多人一生的梦想就是登上布达拉宫。"我去过布达拉宫"，是一句自鸣得意的话。世界上恐怕还没有一个地方可以像布达拉宫这样，当你从那里走出，在精神境界和人生经验上感觉好像高出了周围的人群。

17 道于色

10月7日，日喀则，江孜宗山。8日，定日。

成片的绿色农田，让江孜充满安静祥和的生命气息。

江孜距日喀则有90公里的路程，远远就看见了红墙金顶的白色的灵塔。香火旺盛的白居寺位于江孜县西北宗山脚下，处在环山包围中。白居寺始建于15世纪初，在藏语中意为"吉祥轮大乐寺"。白居寺寺中有塔，塔中有寺，是一

白居寺——寺中有塔，塔中有寺，三面环山，四面临水。

座塔寺结合的典型的藏传佛教寺院建筑。前来朝拜的藏民大多带着孩子，大的领着，小的背着，再小的孩子在怀里抱着，成为这里的一道风景线。江孜古堡在白居寺的对面，很高，来这里的游客不多，它是以前的宗山政府遗址，也是抗英遗址所在地。

10月9日，珠峰大本营。10日，岗嘎。11日，圣湖。

西藏阿里地区普兰县东北部霍尔乡，海拔4573米的鬼湖拉昂错与圣湖玛旁雍错相邻，两湖之间的地带是进出普兰县的必经之路。拉昂错属微咸水湖，由于湖水不能饮用，且湖岸周围植物绝少，故被称为"鬼湖"。在藏传佛教中，鬼湖亦被视为圣湖。传说释迦牟尼普度众生，用大米救济穷苦教徒，湖水是淘米水积聚形成的，因此，佛教徒们常来此顶礼膜拜，这里逐渐成为著名的佛教圣地。

与玛旁雍错相比，拉昂错一直被冷落，这主要是因为强加于它的传言：它是罗刹王的主要聚集地，印度古代《罗摩衍那的故事》中诱拐美女斯达的九头罗刹王就住在这里。更有人称，在此湖边遇到过不吉利的征兆。另外一个原因是，拉昂错北望冈仁波齐峰，它的东西南三面又受周边山体深色岩石影响，湖水水色较玛旁雍错灰暗。鬼湖因其养育的大批珍奇鱼类等生物，以及对高原气候、生态环境有特殊作用，被列入《中国国际重要湿地名录》。此湖周围没有温泉可以沐浴。冬季，湖周围气候寒冷，景色荒凉。

据说鬼湖是无风三尺浪。湖边暗红色的小山，颜色迷离，湖里还有一个小岛，也是暗红色的。行至湖边，耳边阵阵浪声，卵石滩像一条白亮亮的银带，镶在湖边。

在这里，由于我驾驶不当，造成了几次意外。第一次是在玛旁雍错，我竟然把车开到水里去，轮胎炸了。当时轮胎一侧完全从轮毂的压线脱离，必须拆下人工复位。我与电源保障队员一起用撬棒把轮胎复位，然后一点点加气把它修补好。在没电动装备的4000多米海拔处人工扒胎，很耗体力。第二次是到了鬼湖，看到沙丘好玩，不管三七二十一往里面冲，冲进去以后发现都是粗沙，我的车胎是充满气的，马上就陷了进去。好在周边有好多废弃的

> 藏区总是给人神秘的感觉，
> 不管是语言文字还是民俗服装，
> 　　似乎这离天近的地方，
> 除了云朵很大外，还有无数高人。

围栏角钢，用力垫起，一口气赶紧逃出来。鬼湖不会真要收我走吧！

这里有许多地方可以抄近道，但要爬坡，而那些坡又特别陡。有些人仗着自己开的是越野车，以为没问题，结果只能靠一群人推着才能前行，而我的 ES8 轻轻一跃就过去了，一种自豪感油然而生。六百匹马力，石子路、土路、戈壁、草原、浅滩……对于各种路面都具有掌控力，很多时候我都离开高速公路和柏油马路，去更自由的路面来一场酣畅淋漓的"漂移"，用水花为车子装上翅膀，或一起去打打雪仗……

藏区总是给人神秘的感觉，不管是语言文字还是民俗服装，似乎这离天近的地方，除了云朵很大外，还有无数高人。

石子路、土路、戈壁、草原、浅滩……
我的 ES8 轻轻一跃就过去了。

在路上的人才会明白沿路的风景，
　经历过的人才知道平淡的真。

　　唐卡是其中的一种神秘存在。绘制所用颜料采集于大自然的色彩，以各种彩色矿石碾磨而成，也可以斑斓到炫目。画师用最细致的心思绘制，小至指甲，大如山岚，都经得起揣摩端详。

　　将唐卡视作生活技能的一种，哪怕只是职业匠人，未及大师，也会闪耀出光来。这应该是由技及心与随心而施的区别吧。就像是庄老所认同的"无处不道"一般，任何道路都可到达真理。

　　在拉萨我拜访了唐卡大师成来巴久，这也是我的一个重点行程。这是我第三次近距离接触唐卡，前两次分别是在尼泊尔和青海，三次接触，一次比一次让我惊叹，也一次比一次带给我更大的震撼。

　　唐卡是藏文的音译，其实就是用彩缎装裱后悬挂供奉的宗教卷轴画，它以明亮的色彩描绘出神圣的佛的世界，是藏族文化中一种独具特色的绘画艺术形式，具有鲜明的民族特点、浓郁的宗教色彩和独特的艺术风格，被称为藏族的"百科全书"。

　　出身西藏康巴唐卡世家的成来巴久老师，是西藏著名的唐卡画师和勉萨画派唐卡传承人，同时也是耶木塘唐卡艺术

唐卡画师用最细致的心思绘制，
小至指甲，大如山岚，
都经得起揣摩端详。

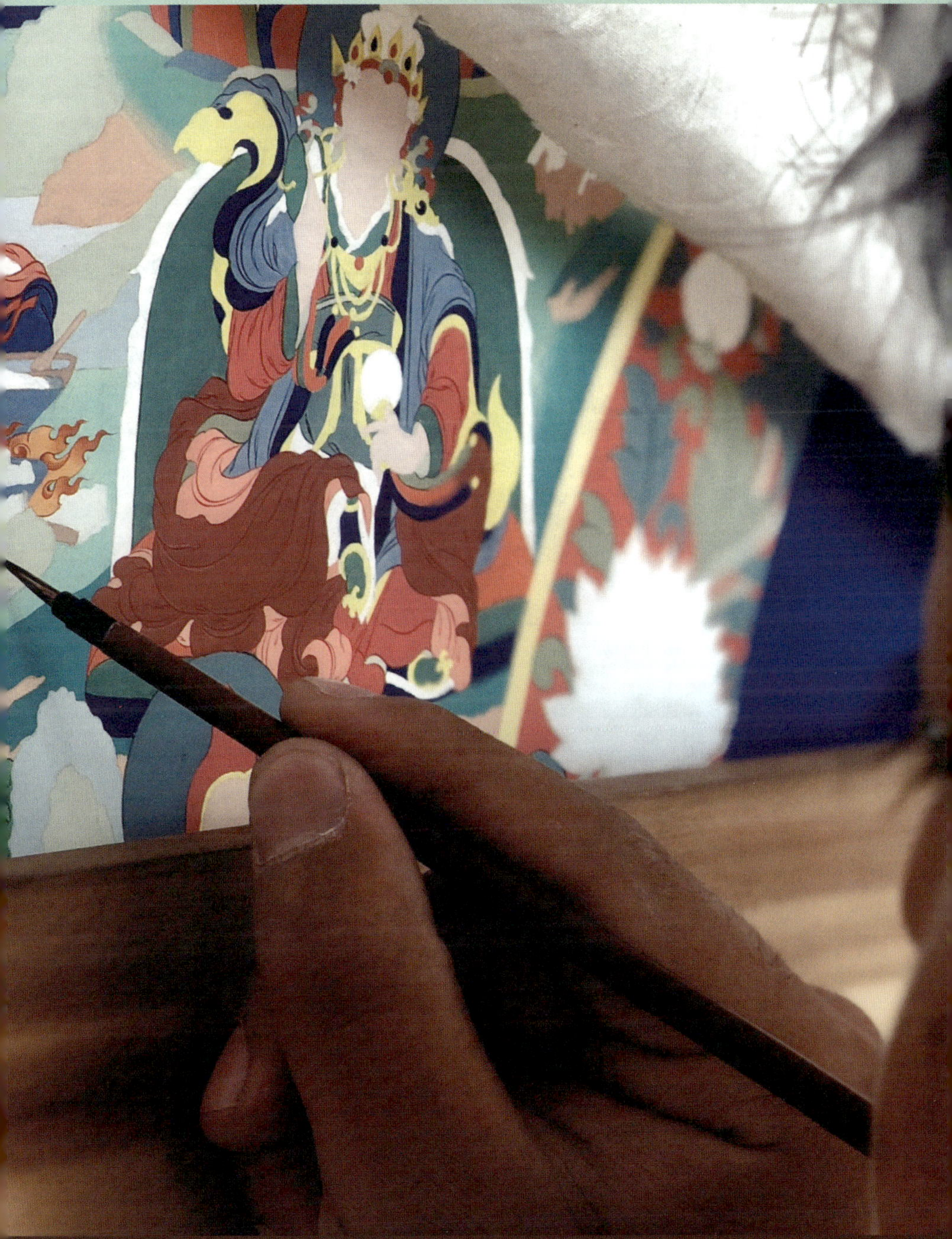

将唐卡视作生活技能的一种，
哪怕只是职业匠人，未及大师，
也会闪耀出光来。

学校创办人和西藏工艺美术协会常务理事，现负责为申报吉尼斯世界纪录的宗喀巴大师绘制大型千幅唐卡。

　　成来巴久从小师从两位著名唐卡大师，系统学习唐卡绘画艺术。1993年，他的第一幅唐卡作品《多吉昂嘎》出版发行，发行量达到8000幅。他所绘制的唐卡，功底扎实，线条流畅，继承勉萨画派唐卡的细腻逼真、色彩明艳，在国内屡获殊荣，尤擅绘制莲花生大师形象，在藏区无出其右者，深得各界唐卡收藏家的喜爱。二十多年来，成来巴久还参与了康巴藏区几大寺庙的壁画修缮工作。

成来巴久对细节近乎苛刻，用几个月甚至几年时间成就一幅作品，与苦戒的僧侣无二。我想，现代人接受这个技能与时间凝结的作品，并愿意为之赞叹和买单，但又有多少人能真正理解呢？

　　自驾一圈，终将回到起点。环行已经过半，后半程可称作归途。似拉满的弓，自然有积累的动能牵引回复。在路上的人才会明白沿路的风景，经历过的人才知道平淡的真。走过的里程和数过的日月，自会有其存在的价值；多少、早晚，生活都会走到平衡。

18 与"藏地探险博士"同行

　　丹增罗布，一个拥有有趣灵魂和经历的康巴男人，粗率豪放中隐藏着细致，在朋友们口中是亲切的"牧民叔叔"，客人们尊敬地称他为"藏地探险博士"。

　　从小在国外留学的他，回国后便开始了旅游职业生涯，至今已有超过十五年的藏地旅游从业经历，他拥有超高水平的专业经验和精通藏、汉、英三语的敬业团队，所服务客户涉及热爱藏地的旅行者、国内外政要、企业家、明星、车企、知名户外品牌等。

　　丹增从小喜欢冒险，在从事旅游行业的同时，还系统学习了野外探险、极限漂流等专业知识和技能，并涉猎了民宿、咖啡馆、餐厅、酒吧等不同生意。他的人生信条是："不要总是梦想着去做，想做就要去做，千万不要让理想成为葬送我们一生的口号。"

　　每个人都有自己的源，每个人也都有自己要去的地方。丹增明白藏地就是自己的源，同时这里也是很多人心灵向往的地方。他多年游走于现代都市与传统藏区之间，深知藏地旅行对久居都市人的意义所在，这让他能够精准捕捉客户的需求，让定制的旅游产品可以为客户带来触及心灵的满足和连连惊喜。

  如果不想受限于传统旅行社的常规行程，又想深入体验这片土地的人情草木，只要迈出第一步，丹增和他的团队会安排好其他一切。那么，准备好行李，带上灵魂，让心在高原上起飞吧！

  1989年出生于四川甘孜藏族自治州道孚县木茹乡的土登达吉，爱摄像，更爱公益与环保。十三岁时，他就前往扎嘎静修院出家学习经文诵读。2007年又前往木雅大寺佛学院学习佛学及文化课程。2013年起，土登达吉开始了他的事业，

"不要总是梦想着去做，想做就要去做，千万不要让理想成为葬送我们一生的口号。"

他做的所有事情，不仅仅是爱好，也是责任。

他做环保，保护传统文化，拍摄藏地牧民生活的纪录片，等等。他在家乡木茹地区举办公益文化补习班，自愿为当地百姓扫盲，并成功调解数起当地部落之间的纠纷；他组织修复一些当地的"拉泽"与"鲁卡"（"拉泽"即插箭的地方，"鲁卡"即龙神居住的小庙，意在通过人们的传统习俗保护自然环境）；他与大学者年叙·降阳扎巴先生合作，长期从事当地农牧社区的研究，并积极组织、策划出版环保书籍等。他曾在木雅大寺专门做了两年之久的环保、摄影及古籍收集与编纂工作，先后出版《木茹地区山水志》和《木茹地区历史明镜》等著作，并发送至藏区数百所学校、寺院和社区村落。

作为一个公益践行者，土登达吉一年当中只有三个月是他自己的学习时间，不做任何工作，其余时间都在工作。他觉得自己做的所有事情，不仅仅是爱好，也是责任，重要的是能帮助别人，帮助大自然，这样生存在这个世界上，生命才能快乐。

土登达吉的话：

我和丹增罗布一起从丽江开始与程舒会合，一路下来对程舒有一个认识，也对这次"环行中国"的另一个主角——ES8有点感受。这次行程是我一生中极难忘的经历。程舒是个很好的人，跟他在一起的这一路让我感到快乐。我的朋友丹增给我介绍了这份工作，我对这个工作很感兴趣。听他说，可以坐一辆不用加油的电动车，我很开心，因为这对环保有很大的帮助，也希望所有人拥有这种车，让大自然更美丽！

吹过的风都是文化

帮助别人，帮助大自然，生命才有意义

周五，周六. 10月12.13日 冈仁波齐 冈底斯神山

12日早起，天气奇异的好，几乎无一丝云彩，一行对转山兴致又起，又因为按原计划得下周一才能去狮泉河市办理新疆通行证，得滞留三天，既然无谓耗时，又天赐良日，那就去吧，山在那儿等着呢！可惜了专程赶过来的朋友，不得不因工作所急马上返京。留下了全套装备，给了刚也还俗只为蹭摄影的宅女，从未单次步行超过5km。

计划调整，决定转山，重整行装，到中午才得以出发。

搭车，走到山口我又再次闹肚子，沿街店竟然无处可方便，不得不再走回酒店……不过也因祸得福，听汽车可以绕山门，可少走4km，全程52公里，不错，或未非信徒转山，力求圆满，只是个徒步者而已，能省就省点吧，虔诚者是万万不会少走这4km的，信者信也，不信者随意些。

路经天葬台，远望，有条藏人那对天地最后的供奉…藏人系人，土，水，天，塔，

第一天，行程仅16km，略有上升，大概4600m升至4800m海拔，且峡谷中居是出山风，顺风而行轻松不少，天未黑已抵达落脚点，藏民大帐，"探路者"的睡袋，绝对是帐中豪华配置！五星！！是夜最低零下14度，人过一夜难眠，据说首次抵达高海拔多半如此，同帐人鼾…。

不问来处和去向

手机扫一扫
激情燃烧 / 老司机在路上

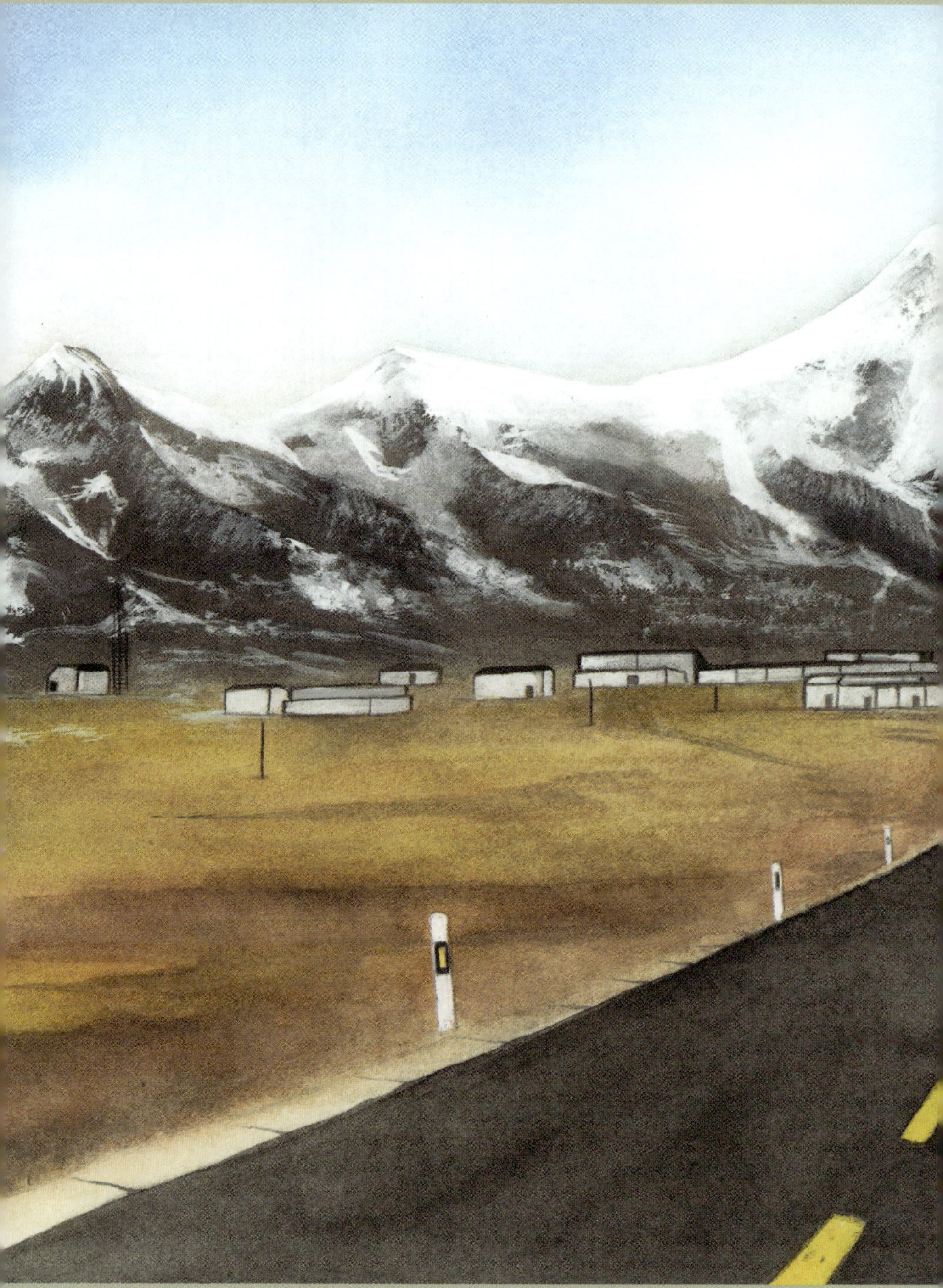

途中遇到很多人
不问来处与去向
只在相遇的当下
互道扎西德勒
是问候更是鼓励
一种理解和尊重

——我的微信发布（七）

转山转水转佛塔，不为修来世，只为途中与你遇见。

19 人的内心都有高度

无论多么不成熟的小目标,转冈仁波齐也好,"环行中国"也罢,都是一步步、一站站走下来的,享受车轮的每一次滚动,享受与车子相处的每一分时光,享受与自己相处时的每一缕寂寞……

转山似乎是入藏必须考虑的活动,不管是从了解宗教、观赏风景,还是从体育锻炼的角度讲,都是一个合适的选择。

转山是一种盛行于西藏等地区的庄严而又神圣的宗教活动仪式,在西藏许多地方都有转山的习俗。转冈仁波齐的朝圣者需在长五十余公里、海拔四五千米的转山路上行走或叩头,快者日夜兼程当天可转完,而一般人转一圈则需两三天时间。

记得不久前读到过一首诗,诗不长,回旋,往复——

> 转山转水转佛塔
> 不为修来世
> 只为途中与你遇见
> ……

如此再三,意味深长。

七八年前,李斌就组织过这么一场七人行,当时转的是"第十三女神"——格聂雪山。那次我还犯了一个错误:李斌他们要先去看一个漂亮的湖,我没去。我看到峡谷里有一个小雪峰,鬼使神差地就想独自上去看看,但那里没有人走的路,雪线以上都是乱石岗,完全无法前行,半埋在雪堆里的台球桌般大的巨石,还在不停晃动——只好折返啦,反正我也不是来探险的。问题是,返回营地的伙伴们只知道我上

高度是一种诱惑，满足你俯视的欲望，也满足你凌云的志向。

山坡了，我在上面可以看到他们回到驻地的身影，但他们怎么也看不到我在山坡上挥动的"旌旗"。他们急坏了！直到我在陡峭的乱石岗中踢下大量滚石开路，他们才看到我晃悠着往下走……

梁卫平说的那句话我至今记忆犹新："你是和我一起出来的，如果你出了事，我怎么向你儿子交代？"所以，户外极限运动有个原则很重要：不能由着自己的兴致图自在，也不能只按自己的风控标准行事，要考虑别人的感觉。保证自己安全是前提，自己的事情自己解决；不要给伙伴们添乱，一定要保持沟通和联系，让队友时刻知道你的处境，需要帮助的时候可及时施以援手。

为什么人们总是喜欢爬高？一定的高度总会让人产生一种激情。高度是一种诱惑，满足你俯视的欲望，也满足你凌云的志向，顶天立地是一种无限的幸福。人的内心都有高度。当大脑处在一种空灵的境界，在如此空旷的地方，听着当地的藏语歌曲，虽然不懂唱的什么，但是在灵魂深处却产生了一种冲动，那是什么呢？也许是高原净土上一种无我的境界吧。我一直不屑于"征服"的说辞，登顶也好，驾驭也罢，我们只是大自然的一粒微尘，能融入其间已是造化，万不可自我膨胀，妄言"征服"。

登高像文身一样会上瘾。全世界公认最美丽的雪山——太子雪山（即梅里雪山）主峰、"雪山之神"卡瓦格博峰，以及冈仁波齐、阿尼玛卿山、尕朵觉沃、苯日神山、墨尔多神山、雅拉香波神山、喜马拉雅等藏区的"八大神山"，十几年前就已是我们转山的目标。

卡瓦格博峰如今仍是一座处女峰。早在1902年，英国登山队就曾首次挑战卡瓦格博峰。1987—1996年，日本、美国及中日联合登山队相继向卡瓦格博峰发起挑战，均败下阵来。1990年11月至1991年1月，17名中日联合登山队员试图登顶，结果全部罹难，成为世界登山史上的第二大惨案。17名勇士的遗骸直到1998年7月才被上山采药的当地藏民发现。据推测，这起事故是由1991年1月3日晚至1月4日突发的雪崩造成的。17人长眠山上！2000年，一个宣言被通过：梅里雪山是藏传佛教的朝觐圣地，主峰卡瓦格博在藏族民间具有宗教意味，位居藏区"八大神山"之首。这座因信仰和文化而被尊重的山，将永远不允许被攀登。自此之后，全世界的登顶爱好者们便只剩下念叨了。

曾经见识过卡瓦格博日照金山的容貌，这次观得真容，为之倾倒。曾经"二进宫"，因后援不足而在三分之一处扼腕放弃，此次"环行中国"是我第三次进藏，似是一种远远的承诺：一二不过三，这次就另找个山头转一转吧！

20 遇见冈仁波齐，遇见自己

最终成就转山之行的是佛经中的"须弥山"——冈仁波齐。

我最早知道冈仁波齐，是在陈震的《越野路书》中。知道了转山，知道了日照金山，知道了很多人将自己最亲近的人走后留下的头发等遗物，放在山脚以祈求升天……冈仁波齐就是圣山，是朝圣者心中的信仰。

2017年，一部名叫《冈仁波齐》的电影在少数影院上线：剧组跟着一支真实的朝圣队伍拍摄，从芒康（这次我的电动车从上海出发，芒康是依靠充电桩充电的最后一站，之后的高原地带，全靠补能车续电了）走到冈仁波齐，走了两千多公里，用时一年有余。最后在茫茫白雪中，留下朝圣队伍的剪影，纯洁而神圣。

影片没有过多的情感渲染和矛盾冲突，只有沿途的四季变迁，和朝圣队伍途中经历的一切。出发前的那份自然与平静，让人觉得不可思议。每个人都想去拉萨，没有任何迟疑和畏惧，态度那么自然且坚定。他们或是为了忏悔罪孽，或是为了迎接新生，或是为了完成一份夙愿，各自为出发做准备。出发时，大家都排着队，五体投地磕长头，起身再前行；休息时准确地用石头做好标记以便再次启程，睡觉前所有人安静地念经，天亮后依旧排好队再次朝拜前行。车坏了

与 Ivy 在高原会合。

轮流推,再折返拜到车尾;没钱了途中找工作打工赚钱,为再出发做准备。在一年的朝圣之旅中有新生命降临,孩子降生后带着新生儿继续朝拜,也有老人逝去;自己遇到翻车却让撞翻自己的人先去送他车内的伤员,把干粮分给其他朝拜的人,让同行者来自己的帐篷内休息,报答给自己提供帮助的人……这一路发生的每件事情,在旁人看来都足以让人放弃或改变最初的选择,但在朝拜的队伍中,每个人都平静地应对和坚定地前进。无论途中是风雨寒雪,还是道路崎岖,无论是人为事故,还是天降不幸,所有人一如既往地追随出发时的信念和初心。在他们心中,没有一丝恐惧。一年似一世,自然在更迭,不变的是人心。一切的一切是那样自然而然,顺理成章。他们内心认定的只有一件事情——到冈仁波齐敬

推开虚掩的门：驶向未来

无论途中是风雨寒雪，还是道路崎岖，
所有人一如既往地追随出发时的信念和初心。

街头色彩鲜明的西藏面具、挂饰等手工艺品，浓浓藏族风情。

拜天地，为更多的人祈福求平安。

　　与他们相比，我们似乎在逃避，逃避生活给我们的苦闷与焦虑。我们放不下，放不下权力和金钱。我们看别人的眼色决定前行的道路，我们太在意别人眼中的自己。我们变成了生活中沉默的大多数，我们变成了谎言的传播者，变成了嘲笑别人的傻瓜。

　　《冈仁波齐》最令人震撼的是它用平静击打着观众的内心，看完在座椅上不想起身，没有流泪，脑海中白茫茫的一片，远方是冈仁波齐，天地之间一行人起起伏伏，留下的是不断被洗礼的灵魂和对我们无声的嘲讽。我觉得电影中的朝圣者每磕一个长头，恰似我们一天的浓缩，平静而平淡。

　　在西藏西部阿里地区的高原上，冈仁波齐的山形很容易辨认，主峰四季被冰雪覆盖，形似圆冠金字塔，四壁非常对称，如同八瓣莲花环绕，山身如用水晶砌成，宛如技艺高绝的玉镶冰雕。冈仁波齐峰经常是白云缭绕，令人难以一睹真容，但在阳光照耀下又会闪烁出奇异的七彩光芒，分外耀眼夺目。当地人认为，如果能看到峰顶，是件很有福气的事情。

**我们看别人的眼色决定前行的道路，
我们太在意别人眼中的自己。
我们变成了生活中沉默的大多数，
我们变成了谎言的传播者，
变成了嘲笑别人的傻瓜。**

冈仁波齐，藏语意为"雪山之宝"。相传佛祖释迦牟尼尚在人间时，其守护的十方之神、诸菩萨、天神、人、阿修罗和天界乐师等都云集在神山周围，时值马年，因此，马年便成为冈仁波齐的本命年。

神山南面山脚下的塔钦是过往旅行者的落脚点，也是转山的起点和终点。这个面积不大的小村庄面朝广阔的巴噶平原，一条小溪从村中流过。小溪东侧有一个看起来很像集市的地方，有很多帐篷，有些帐篷出售方便面、饼干和一些日用百货，也有些帐篷什么也不卖。有几家简陋的餐馆，如果打算转山的话可要珍惜，因为这可能是最后一顿饱饭，接下来的几天只有干粮度日。

从脊顶沿小道向西北方向行进，可以拍到很美的神山，继续向前再走两小时小路，翻过山脊可以下到拉曲峡谷。这里是神山南壁下的冰川末端，也是内转经路的起点，只有那些转完十三圈外道的人才有资格走这条路。

跨过冈底斯宾馆南侧的小河，东南侧有一小山。沿山路绕过这座山，再向北翻过两座山，想一览神山壮丽景色的游客，可以在这里近距离欣赏到完整的冈仁波齐峰了。

21 徒步！5000米海拔！零下14摄氏度！

下面这首诗是十几年来很得人心的鸡汤——

你见，或者不见我，我就在那里，不悲不喜。
你念，或者不念我，情就在那里，不来不去。
你爱，或者不爱我，爱就在那里，不增不减。
你跟，或者不跟我，我的手就在你手里，不舍不弃。

这首诗一度讹传为仓央嘉措的作品，其实是一个小姑娘扎西拉姆·多多写的。不过这已经不重要了。重要的是诗歌表达了一种纯净的爱，没有世俗的尘埃，没有人间烟火！我从诗里深刻体会到了"天籁无声，大爱不宣"。

原本转山并不在此行的计划中，我是被应邀前来的特别嘉宾"钧"挑起了念头，既然行囊已备，出发便是。我那专程来藏区蹭拍照的喜静不好动的太太Ivy也难得起了兴致相陪。就这样，零下14摄氏度，从4800米海拔起，越过5600米海拔垭口，总计52公里，顺时针徒步转山。虽心里发怵，一跺脚一咬牙，还是出发了。

吃完午饭，放下所有摄影器材，只带手机轻装上阵。行前小插曲，已走到山门，严重闹肚子，没有一个店家有洗手间，只好返回酒店……再次"轻装"上阵，让我的ES8多送了几公里。第一天实际只走了16.9公里，路上也没什么艰难之处，按平时步行的速度前行，天黑前到达驿站歇息。一路上还在发微信，心里不禁窃喜：高海拔地区17公里居然也走下来了，不过如此。当天晚上住的是大通铺，珠峰大本营也是这样，

零下 14 摄氏度，
从 4800 米海拔起，越过 5600 米海拔垭口，
总计 52 公里，
顺时针徒步转山。

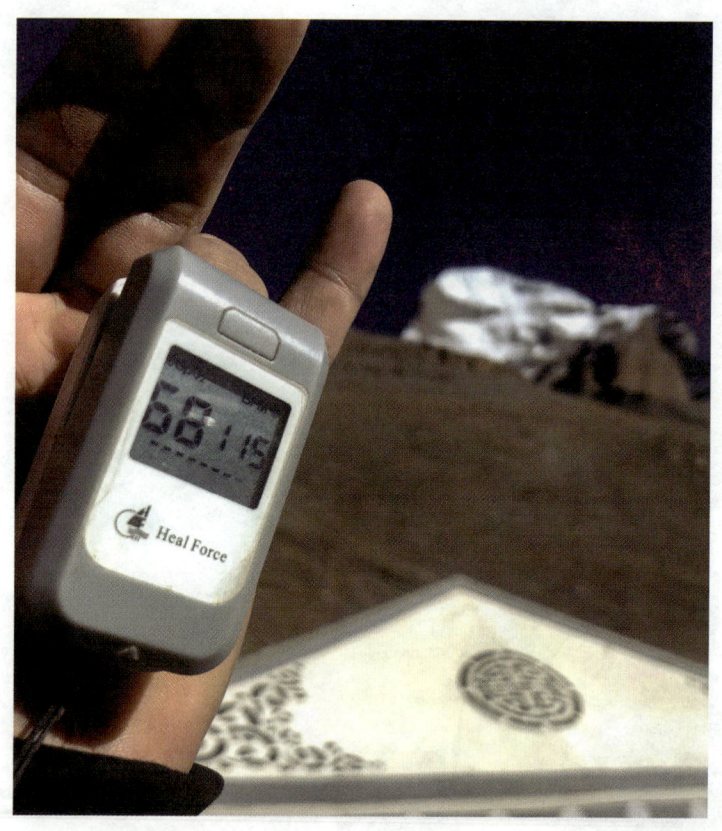

冈仁波齐转山海拔最高处，血氧值 68，心率 115。

  好在我们有"探路者"赞助的羽绒睡袋，钻在里面温暖舒适。棚里十分安静，只是无论如何也无法入睡，直到凌晨才迷迷糊糊眯了一会儿，很担心闹肚子，又一夜无眠，导致状态不佳。如果原路返回只有 17 公里，继续往前得 32 公里，心里想打退堂鼓，问同行者，大家说都没睡好，初上高海拔地区都睡不好，再一次被鼓动着继续往前。

  早上 8 点 22 分，继续出发。一开始就是爬上坡，路也很不好，且还是逆风，全没了昨日的轻松。

　　我们请来帮忙背登山包的背夫是位独臂的藏族老人，已经转山一千多次了。见我太太 Ivy 是队伍里唯一的女生，又完全没有徒步的经验，每每到山路险峻的地方都会扶她一把。可是路越来越难走，天气又异常寒冷，第一天还背一个腰包，现在也交了出去，独留两根手杖，手机和纸巾放在冲锋衣的口袋里，不时地停下掏出纸巾擦鼻涕然后折叠起来放入另一个口袋里，等见到下一个垃圾桶再扔掉。这里，不得不夸一下藏民的环保意识：荒山野岭，转山的人如此多，但沿途看不到乱扔的矿泉水瓶子和纸屑。步子越来越沉重，我大口喘着气，走几步得停下来调整呼吸和擦鼻涕，同时不停地看海拔表，心里开始焦虑起来。背夫指着前面说那就是转山的最高点，海拔 5600 米。一看手机，已经过了两个小时，却才走了 3 公里左右，一共有 32 公里啊！真的崩溃！鼻尖和脚都麻木了，对抗严寒、高海拔等恶劣环境，挑战人体极限，眼睛、耳朵等所有感官都聚焦在"前进"这同一个目标上，甚至精力只够关注下一步的落脚点。只在驻足休息的片刻，才瞄一眼冈仁波齐峰——它近在咫尺，似乎触手可及。

　　前方还有 20 多公里要走，山路险峻，下坡如此陡峭。在乱石岗中遇到朝圣跪拜的信徒，只见往下走的他转身，向上磕头，再下探两步，再转身……是的，恰似人生的每一天，你是不可以跳过几天不过的！

　　中午 12 点半，距出发已 4 个小时，走了不到 10 公里，但心里开始明亮起来。身边这位搀扶着 Ivy 的藏族老人是唯一的依靠，虽然连他的脸也未看清。因知道最艰难的部分似乎已经完成，海拔开始降低，接下来的路也相对平坦很多，心里已经笑出了声，对剩下的 20 公里也充满信心——只要

花时间一步一步就可以完成。又重新上路，几乎每走一两公里都会坐在路边的石头上休息，不时有转山的藏族同胞从身边经过或迎面擦肩而过，互道扎西德勒。

"上天入海"都没有怕，自诩体力、精力、意志力可期，一上午才完成三分之一。虽然大棚午觉没怎么睡好，依旧信心满满，继续启程。一上午爬过了海拔5600米的最高山头，本以为已经度过了最困难的阶段，谁想之后20公里的平路才让人体验深刻。尤其走到最后几公里，体力几乎到了极限，连一个转身动作，也会犹豫再三，怕多耗体力，影响推进步

所有那些完成的、未完成的路程，都各有各的成就。

履。佩服那些一天就转完的信徒们！

晚上 8 点半，在整整 12 个小时之后，远远看见等候在出口处的 ES8，心中顿时充满了感恩与喜悦，开心地接受留在山下队友献上的哈达。这是我这一程最难忘的一次体验。

西藏地区，离天更近的高原之上，日照耀目，海拔高，自然界更具威严和绝对的话语权。对人类不那么友好的生存环境，贫瘠匮乏的资源，是精神力量最好的孵化温室。平地上的人们用工业革命和繁殖速度征服了自然，陷入对于物质无穷尽的追求中；而被自然禁锢的那些人，反而因为索求物

平地上的人们用工业革命征服了自然，陷入对于物质无穷尽的追求中；而被自然禁锢的那些人，反而因为索求物质无望而寄托于精神世界。

质无望而寄托于精神世界。孰是孰非，人生谁知？

转冈仁波齐的时候，有时候向着山，有时候背着山，但心里有个唯一确定且纯粹的目标，这个终点目标无关回报。因为环境苛刻，很多东西可以忽略，严寒、疲劳、孤独，甚至低氧，可所有那些完成的、未完成的路程，都各有各的成就，成为回忆里不可替代的一部分。圣湖神峰都不是终点，学会接受平淡的自己，才是生活的起点。很多年以后，我会平静地说：噢，冈仁波齐，我转过的。仅此而已。

10月14日至15日，阿里。16日，多玛乡。

班公湖在藏语中称措木昂拉仁波，意为"长脖子天鹅"。很有意思的是，班公湖由东向西水中含盐量不同，东淡西咸：东部也就是在我国境内的湖泊为淡水湖，中部为半咸水湖，西部为咸水湖。湖的最西端在印度境内。按藏区对湖依咸度的区分习惯，岂不成了"东圣西鬼湖"了？

班公湖周边群山环绕，湖水清澈，由于光照、深浅、亮度等因素而呈现出墨绿、淡绿和深蓝等不同的颜色，阳光映照下波光粼粼。向远处望去，雪山群峰壮美，让人产生超然于尘世的感觉。除驻防人员之外很少会有游人到此，因此基本都是原生态的环境。置身于班公湖的湖光山色、碧水蓝天之间，仰观鸟飞，俯视鱼跃，可以真切感受人与自然和谐相处的美妙。

圣湖神峰都不是终点，学会接受平凡的自己，才是生活的起点

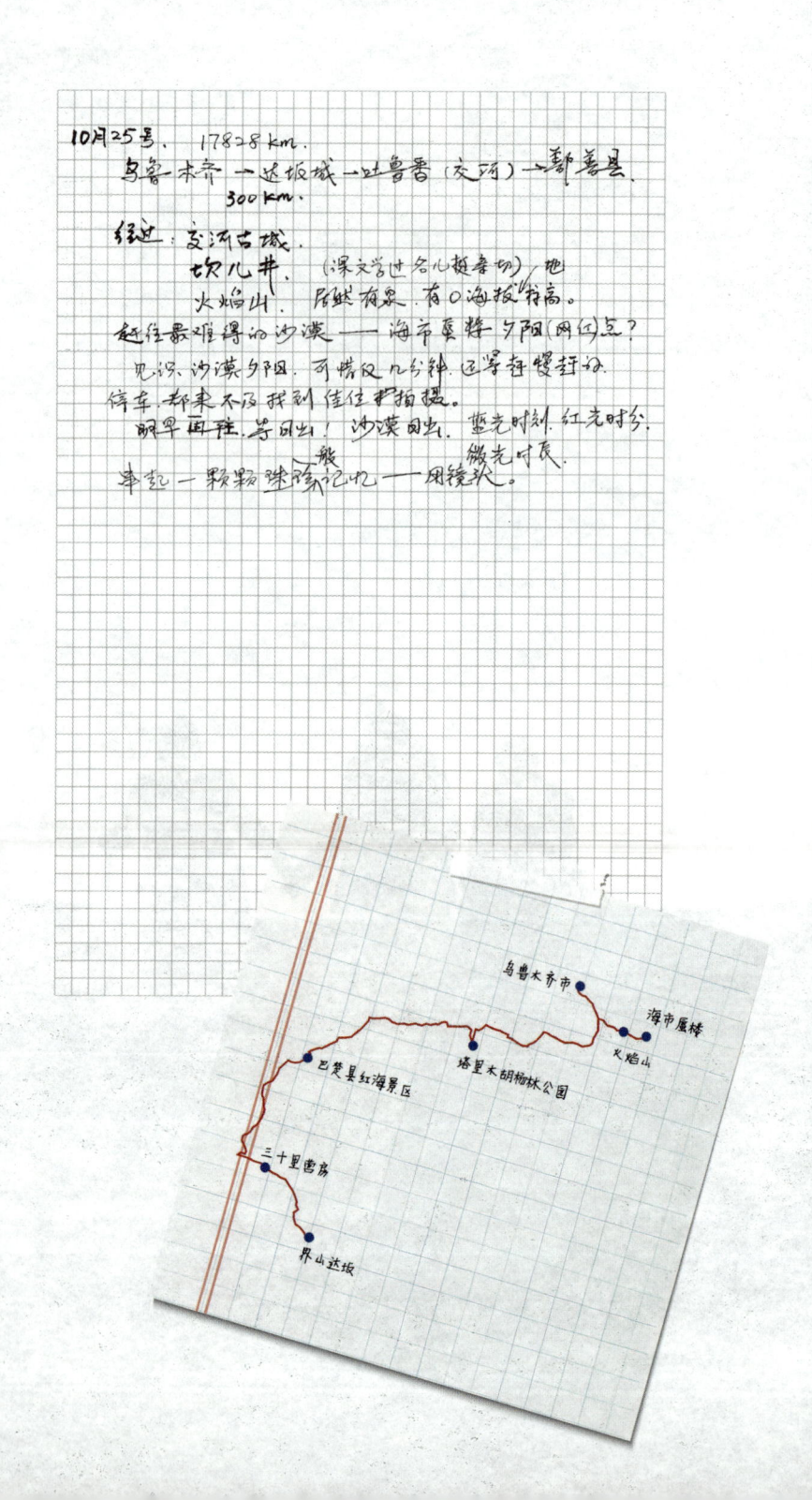

10月25号. 17828km.
乌鲁木齐 → 达坂城 → 吐鲁番（交河）→ 鄯善县.
　　　　300km.

经过：交河古城.
　　　坎儿井.（课文学过名儿挺亲切）地
　　　火焰山. 居然有泉. 有0海拔/稍高.
赶往最难得的沙漠——海市蜃楼夕阳(网红点)?
　　见识. 沙漠夕阳. 可惜仅几分钟. 还是没赶上.
停车. 都来不及. 我到位置拍摄.
明早再赴. 等日出! 沙漠日出. 蓝光时分. 红光时分.
　　　　　　　　　　　　微光时辰.
串起一颗颗珠珠的记忆——用镜头.

乌鲁木齐市
海市蜃楼
火焰山
塔里木胡杨林公园
巴楚县红海景区
三十里营房
界山达坂

排除万难去争取胜利

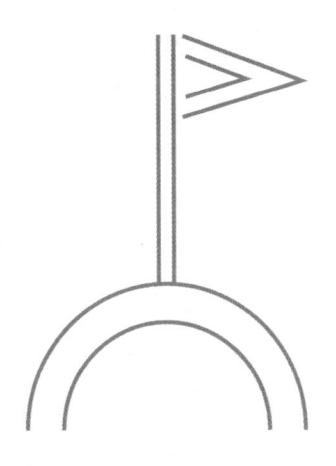

手机扫一扫
激情燃烧 / 老司机在路上

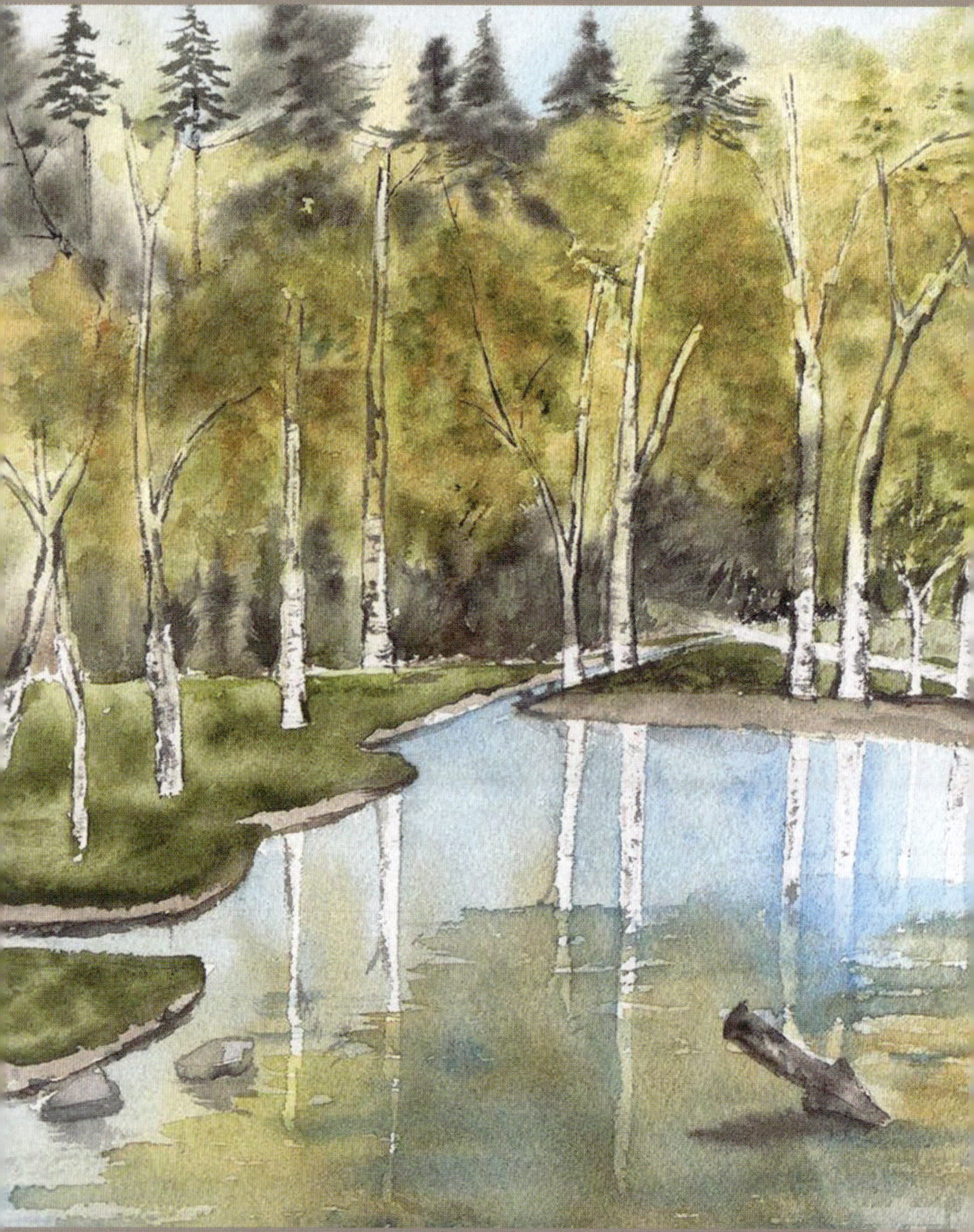

行车穿越其中
开始只是觉得美
当你发现
这些活着的化石树
在如此恶劣的条件中绵延不绝时
对于自然生命的敬佩油然而生

——我的微信发布（八）

胡杨：生而不死，死而不倒，倒而不朽。

22 沙漠英雄树：生而不死，死而不倒，倒而不朽

10月17日，新疆，界山达坂。

界山达坂是新藏公路沿途最著名的山口之一。由阿里高原经克里雅山口进入塔里木盆地，从于田县普鲁村进出西域的唐蕃古道，也是以此为起点。

界山达坂山口处的公路北侧立有一块高 3 米、宽 1.7 米的黑色大理石碑。219 国道萨嘎至新藏公路区界段 1300 余公里，沿途经过萨嘎、仲巴、圣湖（玛旁雍错）、冈仁波齐、霍尔、巴嘎、狮泉河、日土、班公湖、多玛等地，平均海拔 4633 米，最高处海拔 6700 米。

　　"海拔 6700 米"这几个字对许多人来说太恐怖了，吓倒

去看胡杨林，
本以为只是一次景点游览，
亲历其中时，
才感觉是一场精神的洗礼。

秋天的胡杨是一种绝美，似一场延续了千年的执着的梦。

了一大拨人。实际上在此处我的 GPS 测得海拔为 5071 米。据说新藏公路初建时测量手段较差，测出的海拔为 6700 米，几十年来，将错就错，碑换了，但高度没改过来。已知界山达坂见诸文献较早的是在 1950 年。1950 年 8 月 1 日，新疆军区独立骑兵师李狄三率领的先遣骑兵连从南疆出发，经克里雅山口进军阿里高原，把红旗插上了"世界屋脊的屋脊"。

我的第三个意外就是在从西藏到新疆翻越界山达坂时发生的。在已经到海拔最高点以后，我还想尝试着去寻找更高的山头。那时候温度已经很低了，雪比较多。车开上山坡，就陷到一个看似平坦的雪窝里，还好不深，在人力、车力的通力合作下连拖带拽弄出来了。车推出来后，我还是忍不住开到山顶上去转了一圈，那里的实际海拔是 5600 米，也是我这次"环行中国"到达的最高点。

好在高原的三次小意外，最终有惊无险，但都是我离开公路造成的。

10 月 18 日至 19 日，叶城。20 日，巴楚。21 日，轮台。

喀喇昆仑山北麓的"三十里营房"是个地名，是新疆皮山县赛图拉镇的政府驻地，是 219 国道新藏公路上标志性的地方，也是新疆通往西藏的交通要道，是通往边界地带的要塞，具有十分重要的战略意义。

叶城至三十里营房的 360 多公里新藏公路，长期处于修建中，至今仍是危险路段，也是新藏公路最困难的路段，有泥石流、塌方等风险。不过这次，只有颠簸和灰尘。

10 月金秋，"环行中国"的行程过半，逐步进入返程节奏中。越过西藏来到美丽的新疆，就迫不及待去一睹胡杨的风采。入疆以来，我心心念念地一直想着胡杨林，想起那壮美的场景就心潮澎湃。

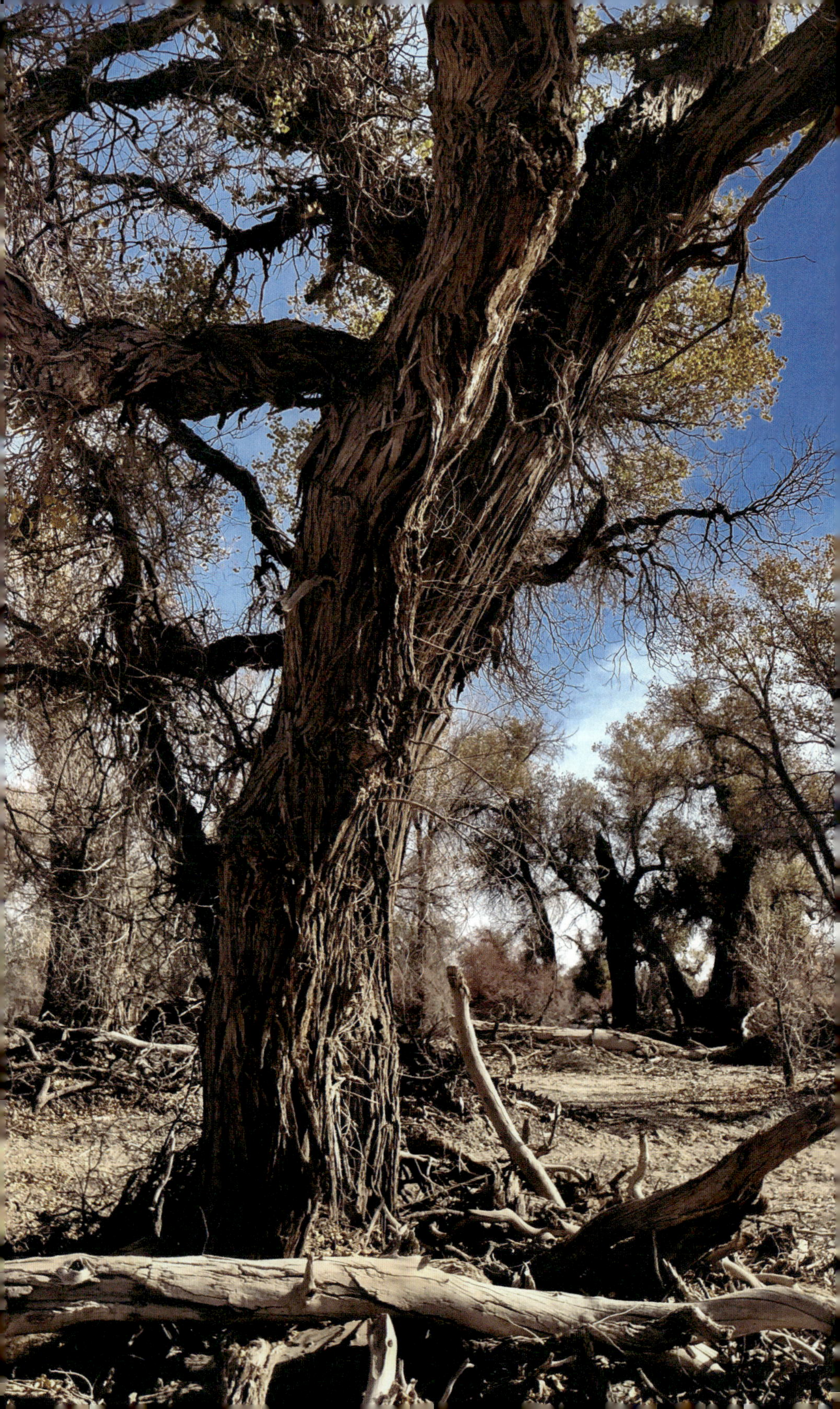

> 秋日的绚烂在入冬后就会裹起银装,
> 炙热浓烈的色彩背后道不尽岁岁年年的独自苍凉。

我们驾车一路向北,行驶在塔克拉玛干沙漠边缘,绕过半圈后由库车公路往南驶进沙漠公路,深入腹地,只为一睹胡杨美景。世界上的胡杨绝大部分生长在中国,而国内也仅有塔里木河流域和黑河流域有两片胡杨林,其中90%以上的胡杨生长在新疆塔里木河流域。位于新疆巴音郭楞蒙古自治州轮台县城南沙漠公路70公里处的塔里木胡杨林国家森林公园,集塔河自然景观、胡杨景观、沙漠景观为一体,是世界上最古老、面积最大、分布最密、存活最好的天然胡杨林保护区,也是世界上1200个森林公园中唯一的沙漠胡杨林公园。

胡杨,蒙古语叫"陶来",又称胡桐、英雄树、异叶胡杨、异叶杨、水桐,是杨柳科杨属胡杨亚属的一种植物。虽说只是去看一个树种,但其实同一棵胡杨树上长着酷似枫叶、杨叶和柳叶三种不同的叶子,所以也被称为"三叶树"。去看胡杨林,本以为只是一次景点游览,亲历其中时,才感觉是一场精神的洗礼。

行车穿越在胡杨林中,开始只是觉得美,当你发现这些活着的"化石树"在沙漠如此恶劣的条件中绵延不绝时,对自然生命的敬佩油然而生。在这干旱盐碱之地,胡杨树的根扎得很深很深,透过干燥的沙层扎根于热土。那热土层有水分,有养分,胡杨树善于吸取,善于利用,任风吹沙埋都坚韧地屹立于天地之间。放眼望去,满眼金黄。沙漠中的胡杨树,是名副其实的英雄树!在寂寂的荒漠里,一棵胡杨树,能牢固一亩沙地,成片的胡杨林,疏而不密地分头站立着,姿态各异,俨然哨兵,酷似卫士,年年岁岁,日夜守护,经历狂风、飞沙、冰雪的考验。胡杨树曲折向上的柔枝嫩叶慢拨轻扫,便散落于树下,脚下的黄沙愈积愈高,胡杨树却益发向上,更加遒劲苍挺,直指云霄,显得刚强不阿,傲视着身旁的沙

**胡杨的眼泪是喷射式的，
那是无声的控诉，
是愤怒的抗争。
因此人们不敢也不愿
轻易地折挠胡杨树！**

丘……它们耐旱耐涝，百折不挠，寂寞而孤独，似固守着千年不变的信念。它们与沙漠脉脉相依，息息相关，它们的一生可以说就是一部有关生命与死亡、大漠守卫与绝处逢生的启示录。

在有胡杨树的沙漠地带，芨芨草、骆驼刺、旱芦苇、红柳树会相继前来投靠，交织出一片翠绿，洋溢着生命的欢欣，给荒凉的沙漠点燃生机，带来了希望。胡杨树的枝干如果被折断，将会树汁飞溅，所以人们又称其为"眼泪树"。胡杨的眼泪是喷射式的，那是无声的控诉，是愤怒的抗争。因此人们不敢也不愿轻易地折挠胡杨树！

秋日的绚烂在入冬后就会裹起银装，这些炙热浓烈的色彩背后道不尽岁岁年年的独自苍凉，如自然界中最为慎独的君子，却也是人间最震撼的模样。

三千年向死而生。

人们热爱胡杨树，呵护胡杨树，不折挠它，不砍伐它，任其生长，希望其尽忠千年职守。人们衷心赞美它："生而不死一千年！"

胡杨的一生是一部有关生命与死亡、大漠守卫与绝处逢生的启示录。

当胡杨树颐养天年后含笑长逝，尽管叶已零散尽落，躯体干枯成柴，但仍以一份执着、一缕幽思，化为千年精灵："死而不倒一千年！"

当胡杨树的基根断裂，树干失去支持而轰然倒地时，虽然身已干枯，但停止跳动一千年的心仍有温热，它要伴随保护过它的热土再度一千年："倒而不朽一千年！"

推开虚掩的门::驶向未来

胡杨给荒凉的沙漠点燃生机。

所谓的"千年不死",其实有点夸张。目前存活寿命最长的胡杨树有800多年的树龄。

再看"千年不倒"。胡杨长在沙漠地区,根系扎得相当深,木质也非常坚硬,沙漠干旱少雨,微生物如根霉、木腐菌以及昆虫如天牛、吉丁虫等活动不频繁,故死后也不会腐烂。但确实已经没有生命了!

还有倒下"千年不朽"。这是源于胡杨树叶片中有一种异株克生物质——胡桃醌,它从死亡的叶片中渗流出来,进入土壤,对于周围的杂草等其他植物有强烈的杀灭作用,几乎没有一种植物能够抵御这种次生代谢物的危害。所以胡杨的"不合群"是植物争夺生存空间的策略,造成了周围植被种类的缺失。相应地,根际微生物和土壤微生物的种类过于单调,使木质难以腐烂。

我们是在最好的季节去的。秋天的胡杨是一种绝美,一种无论被欣赏与否都兀自妩媚的骄傲,是荒无人烟的大漠深处、寸草不生的戈壁尽头的瑰丽画卷,似一场延续了千年的执着的梦。可惜当时急于赶路,没等到黄昏时分,拍摄一组震人心魄的照片,再次"断舍离"。

10月22日,库尔勒。23日,乌鲁木齐。24日,二道桥大巴扎。25日,吐鲁番。

"白日登山望烽火,黄昏饮马傍交河",这是唐代李颀《古从军行》的起首两句。

这里是古代"丝绸之路"的必经之地。新疆吐鲁番市雅尔乡将格勒买斯村的交河故城是世界上最大、最古老、保存得最完好的生土建筑城市,也是我国保存两千多年最完整的都市遗迹。

坎儿井,早在《史记》中便有记载,时称"井渠",是

推开虚掩的门：驶向未来

白日登山望烽火，黄昏饮马傍交河。

荒漠地区一特殊灌溉系统，与万里长城、京杭大运河并称为中国古代三大工程，普遍存在于中国新疆维吾尔自治区吐鲁番市。坎儿井由竖井、地下渠道、地面渠道和涝坝四部分组成。首先在地面由高至低打下井口，将地下水汇聚；然后，在井底修通暗渠，将地下水引到目的地，再把水引到地面，这样保证了地下水不会因炎热及狂风而被蒸发或污染；最后，涝坝将水蓄起以供人使用。吐鲁番现存的坎儿井多是清代以来陆续修建的，如今，仍浇灌着大片绿洲良田。

吐鲁番最著名的莫过于火焰山，古称赤石山，位于吐鲁番盆地的北缘，古"丝绸之路"的北道，呈东西走向。由于山地裸露，草木无覆，戈壁沙漠面积大，日照时间长，白天增温迅速，盆地过低，热空气不易散失，形成了北纬42°线以上世界唯一的"热火炉"——估计是中国最热的地方了，素有"火洲"之称。荒山秃岭，寸草不生，飞鸟匿踪。每当盛夏，红日当空，赤褐色的山体在烈日照射下，砂岩灼灼闪光，炽热的气流翻滚上升，就像烈焰熊熊，火舌燎天，故名火焰山。《山海经》将其称之为"炎火之山"，当地人称它为"克孜勒塔格"，意即"红山"。火焰山的山体主要由中生代的侏罗纪、白垩纪和第三纪的赤红色砂、砾岩和泥岩组成。2018年，火焰山入围"神奇西北一百景"。其独特的自然面貌，加上明代晚期吴承恩将唐三藏取经受阻火焰山、孙悟空三借芭蕉扇的故事写进《西游记》，把火焰山与唐僧、孙悟空、铁扇公主、牛魔王联系在一起，使火焰山传奇色彩浓郁，成为天下奇山。这里海拔低至零，居然还有泉眼。

维吾尔族民间传说天山深处有一条恶龙，专吃童男童女。当地最高统治者沙托克布喀拉汗为除害安民，特派哈拉和卓去降伏恶龙。经过一番惊心动魄的激战，恶龙在吐鲁番东北

零海拔的火焰山,还真有泉水。

的七角井被哈拉和卓所伤。恶龙带伤西走,鲜血染红了整座山。史书上关于此地的记载,有王延德的《高昌行记》:"北庭北山(即火焰山),山中常有烟气涌起,而无云雾。至夕火焰若炬火,照见禽鼠皆赤。"而当唐代著名边塞诗人岑参第一次经过火焰山的时候,曾作诗《经火山》:"火山今始见,突兀蒲昌东。赤焰烧虏云,炎氛蒸塞空。不知阴阳炭,何独燃此中。我来严冬时,山下多炎风。人马尽汗流,孰知造化功。"

23 寻觅半世纪的哈密地标

10月26日,吐鲁番—哈密。27日,哈密—敦煌。

ES8"环行中国"之旅,现在差不多进行到三分之二了。

出发前,同学刘志泉神神秘秘把我拉到一边,说有事拜托,因是多年友好也就应承下来,结果对方给了个大概的方位和区域,说有好东西。本以为是给个藏宝图呢,后来才知道是让我去"觅字"的,还因此得见了一大奇观。

在新疆的最后几日,我驱车来到了有"西域襟喉,中华拱卫"之称的哈密。

哈密也叫伊州、昆莫、伊吾、哈密卫,是新疆通往内地的要道,自古就是"丝绸之路"的咽喉重镇,现在是"丝绸之路经济带"沿线最年轻的城市——2016年才撤区设市。哈密甜蜜可口的哈密瓜"甲天下",瓜以地得名,地以瓜闻名,是新疆东部重要城市、"新疆门户",北与蒙古国接壤,设有中蒙通商的季节性开放口岸——老爷庙口岸。

由于天山山脉的横亘,哈密分为山南和山北,山北是森林、草原、雪山、冰川浑然一体,山南是冲积平原上的一块绿洲哈密盆地,被气势磅礴的戈壁大漠环抱萦绕,独特的地貌也使哈密素有"新疆缩影"之称。

根据刘同学极其模糊的方位锦囊,以及网络上仅有的图片和背景信息,实难找到要去的神秘之地。我毫无头绪,无奈之下只能"有困难找警察"了。谁知当地警方对这个地方也只是道听途说,似是而非地含糊其词:大概、也许、可能、不一定——并不知道确切方位;古道热肠的哈密"吃瓜群众"尽管热忱热心地七嘴八舌献计献策,也只是人多嘴杂,没有一个具体实在。后来还是在万能的朋友圈中找到了一丝线索,终于有位去过的朋友在电话里帮忙把范围缩小了不少。

半小时后，我们行驶在不知名的国道上。因为旁边已然建起了高速公路，这条国道已被完全废弃了。途中还偶遇俨然武侠古装片中的"龙门客栈"——长途车司机们歇脚觅食的小餐馆。可就连这样南来北往的信息集散点，也没有问到与神秘之地相关的任何信息。稍微填了下肚子后，下午决定改变策略，自力更生，用野外徒步生存的方式，凭借地形图、经纬度计和日头、山头，来判断大致方向。

我的ES8"太奶奶"虽然定位是城市车，但越野爬坡也根本不算是个事。于是我们就这样又一次驶离公路，在广阔

的戈壁上漫无目的地行进着。

众里寻他千百度，蓦然回首，那"字"就在艳阳无影处。我们一路都收获着这种侥幸和惊喜——无人机及时升空，终于引导我们寻到了目标。

哪晓得我们已经开过了一公里多。来到标语边才恍然大悟，那些大字是在碎石地上凿了五六厘米深所形成的。由于字的面积很大，想要亲眼看到这一地标，必须要在特定的高度，在地面或低空是看不全的，而太高又模模糊糊看不清。亏得有无人机，让我们在空中长出一只"眼睛"，否则再怎么瞎转悠，近到咫尺，也是一场空。这次探寻它，花了我们

行驶在广阔的哈密大地上

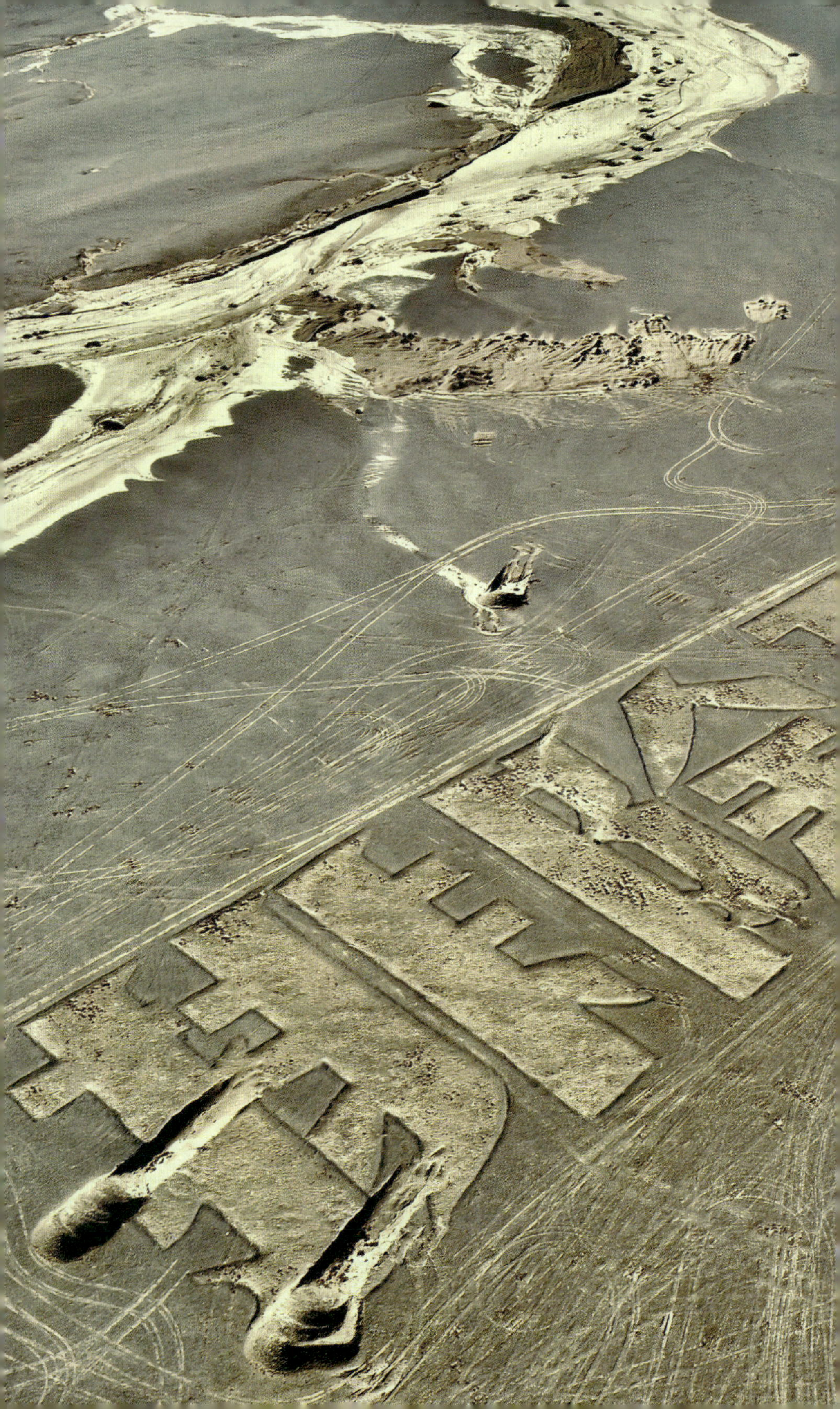

艳阳无影处，无人机视野下的"排除万难去争取胜利"九个大字。

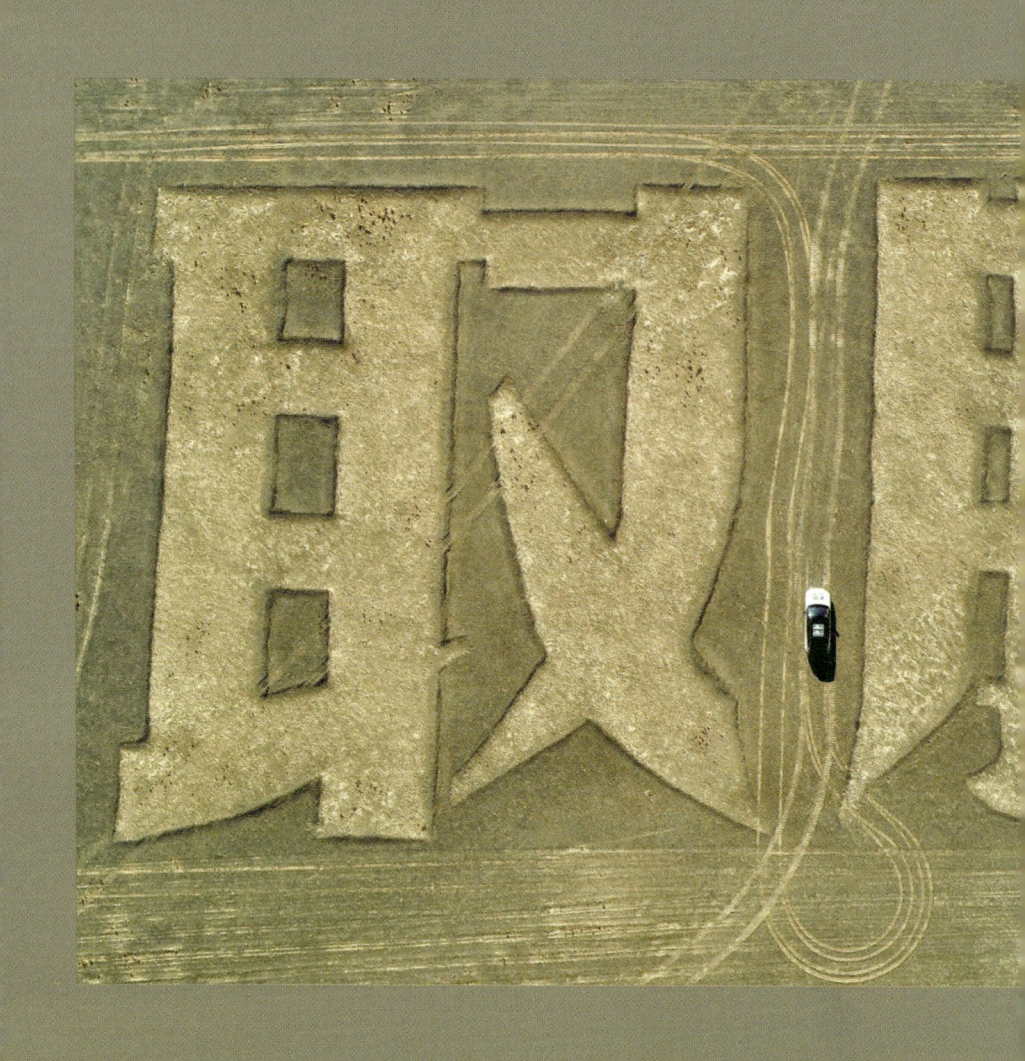

每个字长宽各五十米,面积近四亩,相当于六个篮球场的大小。

不少工夫,真正亲眼看到时,它的壮观让我觉得一切都是值得的!

我亲眼看见的是"排除万难去争取胜利",九个大字每字长宽各五十米,面积近四亩,相当于六个篮球场的大小,每个笔画宽度在五至十米之间。

哈密的戈壁滩上除了眼前的这一组标语，还有另外四组，分别为"毛主席万万岁""只争朝夕""为人民服务""向斗争中学习"。由于行程原因，剩下的四组地标此次未能全部跑到，但通过无人机空中拍摄的图片，已然能够感受到它们的壮观！

哈密大地上这三十个大字实在太震撼了！如果说乘坐飞机在哈密万米高空飞行可以看到许许多多风景的话，我认为，最震撼的一定是哈密戈壁滩上半个世纪前留下的地标大字，五十年没变。

荒无人烟的戈壁滩为何出现万米高空才可见的巨幅地标呢？它们又是怎样被打造出来的呢？

原因很简单，因为当时有人遇到了和我同样的问题。航空器的离地高度使得视野不但被云遮挡，更无法识别出广阔戈壁之间的差异。为了附近机场的飞机能准确定位，才在地面凿出了这五组标语。自标语完成至今已有五十余年，字迹仍历历在目，十分清晰，令人赞叹。

"这是地标奇迹，也是八航的荣耀。"1966年，为了组建中国人民解放军第八航空学校，第一批人员来到柳树泉。1967年7月1日，经当时总参谋部批准，新的中国人民解放军第八航空学校在柳树泉组建。校部和一团驻扎柳树泉，二团驻骆驼圈，三团驻哈密，四团驻鄯善。和其他各团不同的是，二团驻地的骆驼圈机场地处茫茫荒凉的大戈壁上。1968年4月，八航校二团正式开训，飞行过程中发现骆驼圈机场周围大部分空域都没有明显地标，不便于区分空域位置，再加上当年条件艰苦，二团的飞机都是初教机，设备简陋，目视飞行容易迷失方向。于是他们就设想在戈壁滩上凿出人工地标。当时做地标，自然免不了带有时代色彩，最后选定了这样五组标语。

在纸上写字容易，可是要把这些美术字放大成几千平方米的大字，又要求准确标记位置，在那个没有卫星定位系统的年代极其艰难。设计者们先在空中选好各空域中相对平坦的戈壁滩，通过经纬仪测量地面，定出空域的准确范围，分别确定地标位置。然后在测绘专业坐标图纸上设计好美术字小样后，计算好尺寸，再到现场用皮尺等比放大。学员们利用铁锹、木制推雪板等工具（至今现场还留存少量残破工具）把笔画内被晒得黑黑的戈壁石挖开，并把石子铺在轮廓边上，被挖开的地方露出底下黄褐色的碱土，碱土很结实，风吹不动，字体也就不会变，这样就形成了深浅分明的字体。当时骆驼圈机场划分了八个空域："为人民服务"为1号空域；"向斗争中学习"为2号空域；"排除万难去争取胜利"为3号空域；"毛主席万万岁"为6号空域；"只争朝夕"为7号空域；4、5、8号空域有明显的自然地标，没必要人工创建了。这五组大型标语环绕机场，十分醒目。铁锹木板推出的大字，一笔一画都像大路，五组标语共有三十个汉字加一个巨大的感叹号，总面积达75000平方米。在难以辨别方位的戈壁荒滩上空，通过观察航图上的标记，帮助飞行员利用人工修建的标语地标来定位空域位置，引导教学员准确进出空域，完成飞行教学任务。在如此艰苦的环境下，培养了不少优秀的

见识到哈密戈壁滩上的震撼，不由抒一腔豪情。

飞行员。

骆驼圈机场旁的这五组易于辨认的巨幅地标，堪称新疆空军原第八航校官兵在戈壁滩上创造的智慧奇迹，具有强烈的中国特色和时代特色。它既是当年的实用工具，又是时代的艺术作品，同时也是中国空军一段非同寻常的发展历史。

五十年，正好和我是同龄。我长期生活在瞬息万变的上海，对于漠野上这半世纪都不曾改变的地面标语不禁感慨万千。在这样的自然条件下，动植物都极其稀少，只看到过一两只手指长的蜥蜴。而人类则用一种大无畏的干劲，在地表留下了这样的印记，且五十年不变。可以想见，当年的一声令下之后，多少热血青年义无反顾热血沸腾地奔赴祖国需

自然是有其千万年来恒定法则的，
茫茫戈壁尤其如是。
每天每月每年，
甚至人的一辈子对它来说
可能只相当于一个瞬间，
它只是在那儿，然后继续在那儿。

被挖开的地方露出地下黄褐色的碱土，风吹不动，字体也就不会变。

要的地方，诚如标语所言，"排除万难去争取胜利"，他们不畏牺牲、战天斗地的精神，不计名利、为祖国甘于奉献的情操，书写了充满一腔豪情的青春岁月！

　　人类寿命短短数十载，仿佛所有的事情都要快些，再快些。尤其是在城市中求生存的人们，有科技力量飞速迭代的加持，更是一股要把红舞鞋踩穿的架势。而自然是有其千万年来恒定法则的，茫茫戈壁尤其如是。每天每月每年，甚至人的一辈子对它来说可能只相当于一个瞬间，它只是在那儿，然后继续在那儿。而它留下的那些印记，无论是当年，还是现在，会总是存在，也总会有人记得。

　　此行见识的哈密戈壁滩上这令人震撼的半世纪前的遗迹，真正是只可远观，不可亵玩。

24 全景星空,最忠实的伴行人

10月28日,敦煌—青海柴旦镇。

距离敦煌城南五公里处的鸣沙山、月牙泉,一阴一阳,一山一水,天作之合。"沙丘抱泉,泉映沙丘",沙泉共处,浑然天成,可以说是大漠戈壁中的一对"姐妹"。"山以灵而故鸣,水以神而益秀","鸣沙山怡性,月牙泉洗心",鸣沙山和月牙泉因此享誉中外。

民间有传说,现今鸣沙山所在地,正是汉代时汉军和匈

长河落日圆。

奴交战地，大风突起，漫天黄沙将两军人马全部埋入沙中，如今的响声就是两军的喊杀声和战马的嘶鸣声。鸣沙山沙峰起伏，如虬龙蜿蜒，金光灿灿，宛如一座金山。

　　鸣沙山环抱之中的月牙泉，泉水东深西浅，因其形酷似一弯新月而得名。有"沙漠第一泉"之称，自汉朝起即为"敦煌八景"之一。唐代有船舸，泉边庙宇。泉南岸原有一组古朴雅肃、错落有致的建筑群，历代骚客游玩，吟诗咏赋，挥毫者不乏其人。

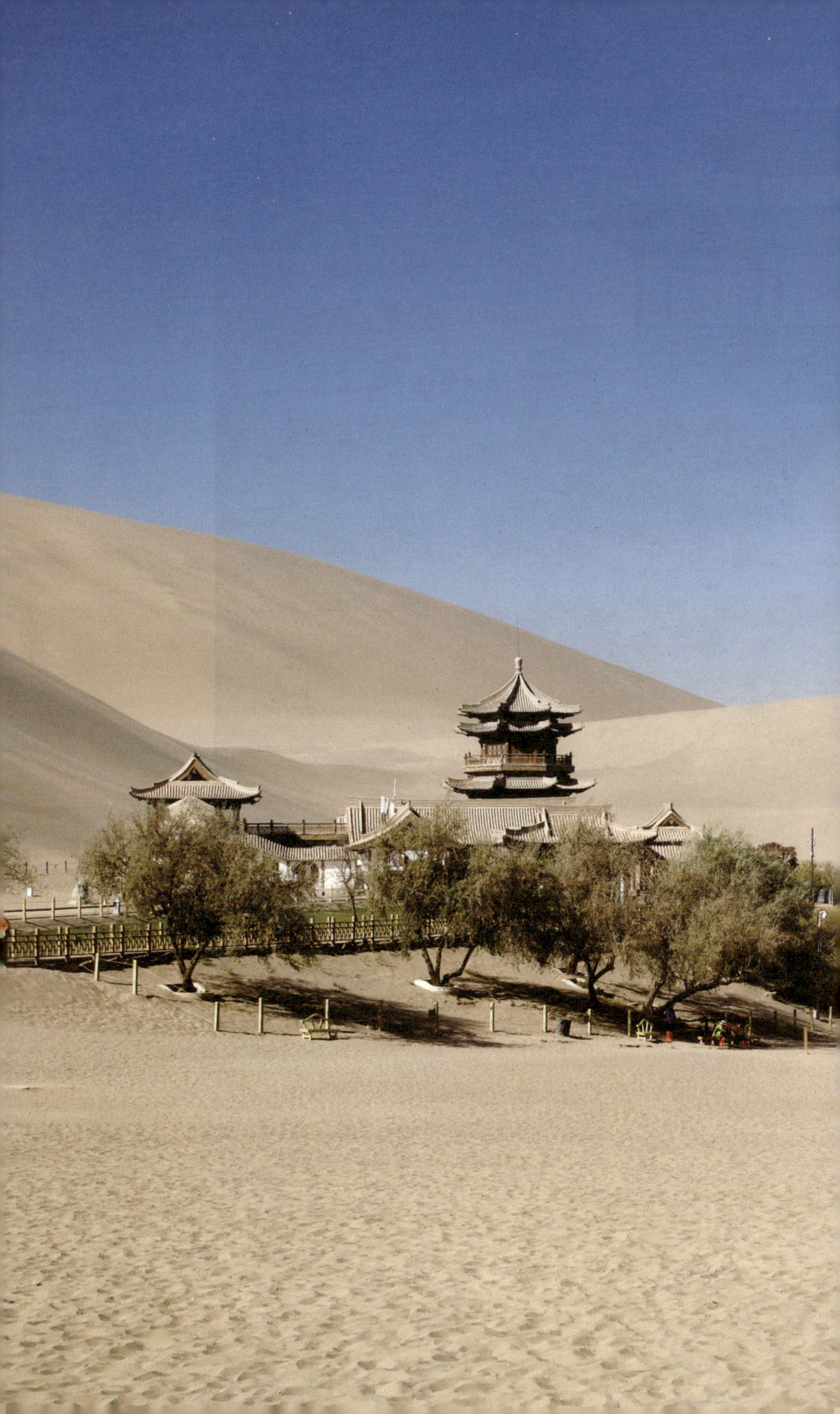

沙丘抱泉，泉映沙丘。

鸣沙山沙峰起伏，
如虬龙蜿蜒，
金光灿灿，
宛如一座金山。

  关于月牙泉，也有一个传说。当年唐三藏去西天取经，途经敦煌，周边是无际的沙漠，没有水没有食物，白龙马已经死了，唐僧艰难跋涉，眼看也快要倒下了。这一切被观世音菩萨看在眼里，为了助他成功，从紫金瓶里滴下一滴金水，茫茫沙漠里瞬间出现一汪月牙似的清泉，而且泉里还有一种"七星草"，可以治百病。唐僧获救了，继续向西天前进。这汪泉水也留存了下来，直到今天，后得名"月牙泉"。

  我这次带了雪地速降伞，在沙漠上试飞了一下，也算不

茶卡盐湖在尚未走红之时,仍然是机械开采矿物盐的重要产区。

虚此行,小过了一把瘾。在雪地上飞和在沙漠上飞,既有异曲同工之妙,也有截然不同之处。毕竟是在沙丘,用雪地速降伞,还是有点风马牛不相及。

10月29日,柴旦镇—茶卡镇。里程读数:19840公里。

茶卡盐湖面积广阔,地势平坦,湖面具有强烈的反射能力,如同一面为天空梳洗打扮而准备的镜子,被称为中国的"天空之镜"。最佳的拍摄时间为上午9点之前和下午5点之后。在湖区可以清晰地欣赏银河的浩瀚雄壮、流星的炫目诡异,

茶卡盐湖如同一面为天空梳洗打扮而准备的镜子，被称为中国的"天空之镜"。

而湖面的反射使得星空与湖面融为一色，出现星空仿佛洒落湖面的景象，故夜晚的茶卡盐湖又被称为中国的"夜空之镜"。

日出日落前后的茶卡盐湖为盐湖风光最美的时段，彩云、朝阳或夕阳照映盐湖，形成水天一色的画面。茶卡盐湖5月至9月的日出时间在早晨6点30分左右，日落时间在晚上7点30分左右。又因为茶卡盐湖夹在祁连山支脉完颜通布山和昆仑山支脉旺尕秀山之间，两山常年积雪，雪山倒映在湖面，形成"湖水与长天一色，盐湖与雪峰同辉"的青藏高原独特的自然风光。

10月30日，茶卡—青海湖—西宁。31日，兰州。11月2日，兰州—银川。3日，银川—乌海。4日，包头—乌兰察布。5日，呼和浩特。6日，承德。7日，四平—哈尔滨。

时间的车轮碾过，
历史的碎片已无从找寻，
千百年来的演化变迁在告诫我们，
要有敬畏之心。
湖泊如镜，
会将我们的一切行为都倒映在水中。

  青海湖环湖的河谷与盆地，气候温润，水草丰美，从高原一路下来，眼见着羊群逐渐肥硕起来，海拔低了，植被更丰厚。夏季应该是最漂亮的时候，我想象着黄、绿、蓝三种色调将天地间的一切空隙填满的丰盛场景。一步之遥，沙丘和草原相持；一湖之隔，雪山和花海并存。水让青海这片荒凉粗犷的高原之地，有了温润，有了细腻，有了葱郁，有了发展，有了进步。水，这份自然对人类文明发展的资源馈赠，需要我们去共同珍视，共同保护。保护青海湖的意义不只是保护了候鸟和湟鱼的栖息地，也不只是维护了青藏高原东北角的生态环境，还在无形中遏制了两大沙漠联手向人口密集区入侵的可能。

  青海湖自古就是东来西往的交通枢纽，它如同一块海绵，

青海湖环湖的河谷与盆地,气候温润,水草丰美。海拔低了,羊群逐渐肥硕起来,植被更丰厚。

    吸收着历史的点点滴滴,远古人类的烟火、丝路商旅的喧嚣、民族文化的碰撞,最终不过都化作了湖水的一丝咸。时间的车轮碾过,历史的碎片已无从找寻,千百年来的演化变迁在告诫我们,要有敬畏之心。湖泊如镜,会将我们的一切行为都倒映在水中。

    此刻,我是以半环湖者的身份,赶上了冬季来临前的最末一班车,所到之处,大部分商业和服务设施都已关闭,仿佛都在催促大家:归程,归程。其实自乌鲁木齐之后,途经的各地小餐馆都在做冬季歇业的准备,不时听到:"下周我们就打包回内地了,明年再来。"高原的生意只做半年,

"人和"是以"天时"为前提的呀。

　　入夜的时候抬头看天是人类自古已有的习惯，西方的星相师、东方的卜卦者甚至以此为生计。不知什么时候开始，抬头即视的星空也成了景点，我们拥有了钢筋丛林、铁马坐骑，自然反而成了奢侈品。所有的沙漠行程都会将"看星星""看月亮"标榜成亮点，很多地方甚至有星空公园，但其实很多幸福都是免费的，很多美丽也都是不期而遇的。

　　从新疆往青海，一路夜行，我是夹杂在物流货运车中的"异类"，沿途没有路灯，只有偶尔迎面交会的车灯晃眼。因为几乎没有光污染，全景星空成了最忠实的伴行人。

从新疆往青海，一路夜行，我是夹杂在物流货运车中的"异类"。

作为一个资深摄影爱好者，当然不想放弃这满目闪烁。但长途行程的疲惫和室外零下十几摄氏度的现实，让我怎么也不愿动弹。只是在路边停车补能充电时，猫到室外，连三脚架都不装，用镜头盖和石头摆好相机，调整角度，开启快门，即使短短一两分钟收光的时候，也冻得赶回车上取暖。

现在想来真是对美景怠慢。我为什么要和着急赶路的物流大哥比速度呢？人家的速度是第一要务，全国各地的贸易流转都是靠这些彻夜奔走的人们在辛苦支撑。而和那些耐心等待拍摄星轨的摄影大师相比，我实在太过潦草。

转念又想，人生若要做这么多比较，又如何能安稳呢？

对于当时牺牲休息时间来赶路的我们，这一段旅程，每一个夜晚都在记忆里闪闪发光，不可替代。在生活里找到合适的位置，已然完整。

　　整个大西北之旅，3000多公里的日日夜夜，一路翻过高山，穿过盆地，等待黎明，守候日落。我的生活仿佛已被裹挟在路基上。八天时间，经历过四季冷暖，体会了风雨后的彩虹。那山，那水，那高山上飘荡的经幡，那在头顶上恣意游走的白云，那浓浓的藏民风情，无不一一浮现在脑海。每当有人提到大西北，我总会斩钉截铁地告诉他，大西北值得去，哪怕只一次，都会找到自己真实的另一面。

迎面大车溅起混拌着沙石的冰泥雪浆，轰的一下子拥抱住整个车头。

25 雪里逃生

11月8日，长春德惠—佳木斯。9日，富锦。11月10日，松花江。

到达东北黑龙江前，"环行中国"之旅已近尾声，但还未见到一片雪花，我暗暗想道：不会到东北都见不着雪吧。天遂人愿，刚进入佳木斯，劈头盖脸就是一场声势浩大的风雪，2018年的第一场雪，就这样出现在眼前。还是场暴雪，来得比较凶猛，着实让来自"魔都"的我惊喜了一把。

祸福相依。随后而来的行车体验就不怎么美好了。大雪导致高速公路全线封闭，我们走国道一天只能推进100多公里。部分路段正在修整，迎面大车溅起混拌着沙石的冰泥雪浆，轰的一下子拥抱住整个车头，盖住车灯，我们只能时不时地下车，顶风冒雪铲除，好让前灯睁开眼，才能越过身边一辆辆猫窝着的车，继续上路。好在ES8的性能稳定，动力强劲，又提前换上了雪胎，驾驶起来没有任何滑胎的情况，让我以开装甲车般的气势继续前行。不过，只能慢慢开，慢到后面的两轮车都似乎要超过我了，真是无奈至极。终于挨到一个小镇，停了两个小时，车补能，人补饭。之后被朋友质疑：你是开着仇人家的车"环行中国"的吗？

所有在远方关注此番行程的同学都勒令我停止前行，东北的朋友更是再三嘱咐行车时速不得超过30公里，否则稍微一滑就出去了。确实，沿途飞雪中，经常看到正在开展救援作业的汽车吊。副驾的太太大人也不停地念叨着"安全第一"，李斌更是每天立场坚定地劝我速归。

原本计划要去黑瞎子岛打卡。黑瞎子岛在中国最东边，而去最北边的漠河时间完全不够了。佳木斯再到黑瞎子岛还有几百公里，时间很紧张。Ivy咨询了在东北的同学，我们距离黑瞎子岛300多公里，来回就要600多公里。同学说，这种天气不是十万火急千万别走，特别是南方来的对冰雪路没有经验的司机，千万不要走，多好的车都没有用，没必要冒这个险，太危险了。Ivy担心安全问题，坚决不同意。是走是停？是改道还是就此停步？我和Ivy发生了此行最激烈的一次争吵。

第二天的目标，从原来去最东端的黑瞎子岛，改为去中俄边境三江口，来回路程100多公里。那一段路确实有点难开，高速公路由于天气的原因几乎全线封闭，所有车辆只能绕走国道，甚至一些乡间小路。开车感觉比较糟糕。有段路中央还出现了个土堆"拦路虎"，数米高路基两侧又是大角度的烂泥斜坡，经过的车辆只能挨个小心翼翼地跟土堆擦肩绕行。

推开虚掩的门：驶向未来

刚进入佳木斯,劈头盖脸就是一场声势浩大的风雪。

三江口的俄式建筑，好似童话城堡。

迎面让过了一辆车，让过第二辆……轮到我的"太奶奶"ES8过时，发现一路披荆斩棘颇为受益的大体形和大体重这会儿成了困难户。刚往左开不到半个车身，左前轮就打滑陷进坡沿下的烂泥坑里。这么几十天的亲密相处，感知轻微的车身失衡俨然已成我身体感应的一部分，几乎是下意识地刹车，强劲四驱，退半步，路阔心空，免除了车子直接滑下土坡的后果。但目标在前，路还是要过的啊！只能一咬牙一跺脚，撸起袖子加油干。从周围搬来些石块，硬生生地把呈滑坡的坑基填平，这才让我的"太奶奶"ES8终于第一次有机会迈出了颤巍巍的"奶奶步"，逃过一劫。累得我半身泥浆一身汗，但多少也造福了后续的大型车辆吧。

前往三江口的路面已经完全被雪覆盖，只留下白花花的

积雪，树木也只能见个大概，雪一层一层落在叶子上面，像一层厚厚的棉被。三江口广场的俄式建筑，亮黄尖顶好似童话城堡。

其实叫"三江口"的地方有很多，如果没有记错的话，沿长江的好几个省市就有几个叫"三江口"的地方，湖南岳阳三江口、湖北鄂州三江口、四川宜宾三江口、浙江宁波三江口，此外还有福建莆田三江口、辽宁昌图三江口、陕西武功三江口，以及黑龙江同江的三江口。

再说上海，虽然没有同名同姓的"三江口"，却有异曲同工的"三夹水"。看到过"三夹水"的上海人恐怕还不少，尤其是经常坐船出吴淞口去长江、去东海的，或者像我这样在崇明农场长大的人。所谓"三夹水"，要在夏天看，在某

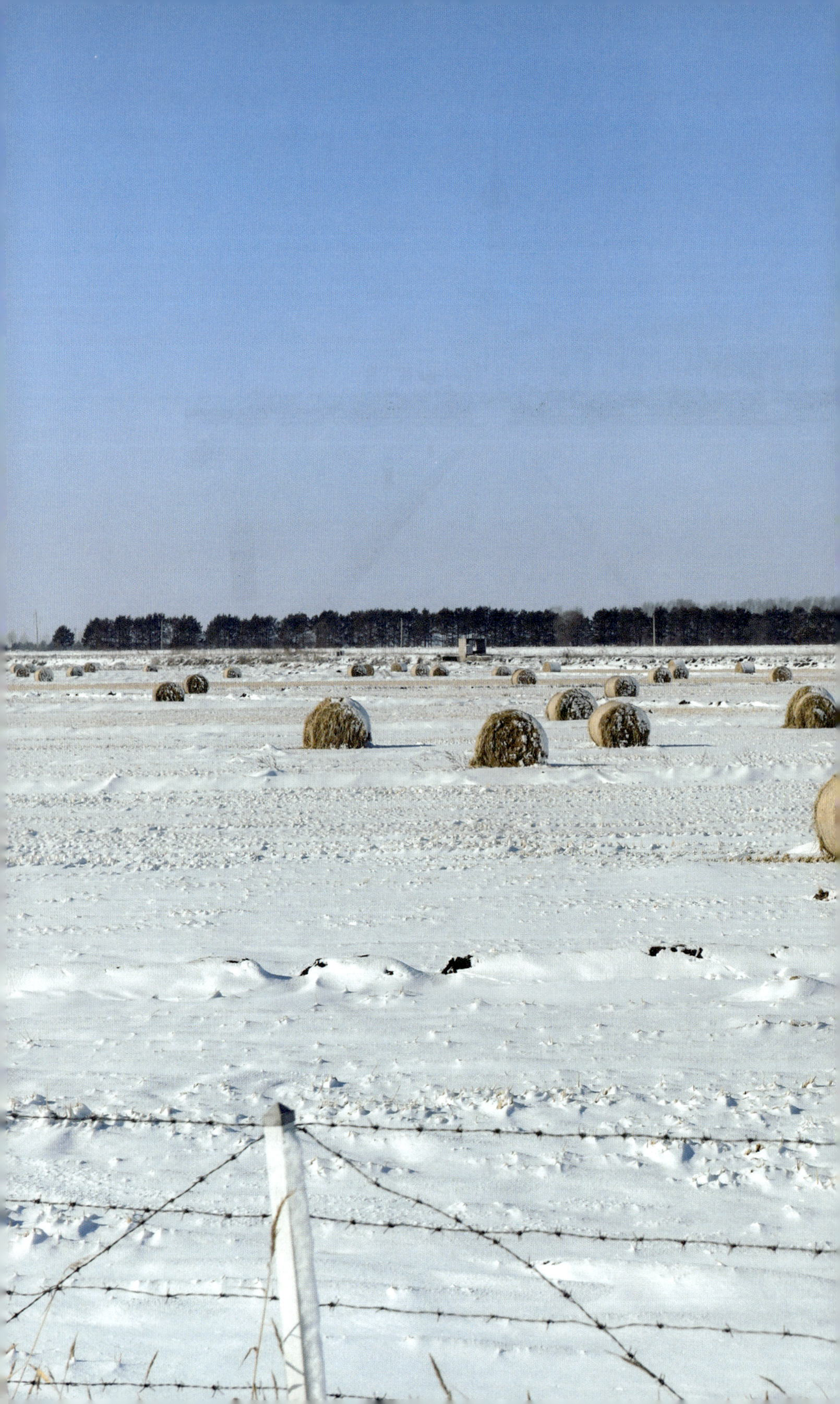

三江口——江汇于此，路始于此，海通于此。

一夜风雪,一身银装。

个涨潮的日子看,到吴淞码头沿着那里的防汛墙七高八低地往北走五六里地看。不必真的走到长江口,因为隔得太近,反而看不清。上海的潮汛有规律可循,上半月是农历初三初四,下半月是农历十七十八。"三夹水"只有在一定的条件下才能形成:东海潮位高,海水倒灌进长江;长江潮位也高,顶住海水,再一起倒灌进黄浦江;当然黄浦江潮位也够高,

顶在了吴淞口。只有此时此刻,才有可能在吴淞口看到这样的神奇景象:从天际线处和浦东,即偏东方向涌来的,水呈蓝绿色,那是东海水;从远处宝山,即偏西方向奔腾而来的,水呈黄绿色,那是长江水;从南边而来并从我们眼皮子底下浩荡北去的水则呈黄褐色,那是黄浦江水。三种颜色的水在江面上形成肉眼能辨的弯弯曲曲的界线,相互推挤变幻,蔚

前往三江口的路面已经完全被雪覆盖。

为奇观。这就是传说中的"三夹水"。

　　黑龙江三江口的"三江"是松花江、黑龙江、同江，其中松花江和黑龙江先行汇合，随后再与同江汇合，汇合后的江水称"混同江"，是大江揽在怀里的浩荡和流淌着的美丽。黑龙江自西而东流来，水呈墨绿色，平缓而坦荡，让人强烈地想亲近它；松花江泥沙较多呈黄色，黄色的松花江与墨绿色的黑龙江汇合后，泾渭分明，合而不混，东流数十里而不交融。松黑两江在这里并肩前行，江水呈北墨南黄，却分不开它们在深处的交融，也阻碍不了它们生生世世的流淌。三江交汇是东北地区著名的自然奇景之一。

在江上远观是一种感觉，如果置身江边，能看到澎湃翻起的冰浪，想象着它冰封时结冻又化开再结冻的挣扎，听着它的呼吸，看它汩汩流淌……我知道，我这匆匆一瞥是不能体味它的深奥、懂得它的变幻、领会它的大美的。不过即便如此，也满足了我对澎湃冰浪的所有想象。我想起有诗是这样写的："仅你消逝的一面，足以让我荣耀一生。"

三江口向东绵延十多里，是中俄两国的国界。江对岸就是俄罗斯，所以这是一条界江，主航道就是国界。同江之所以称为边地，就因为这里是中俄边境线。并行也保持自我的水流，终究还是担任着分隔边境的职责，自然与人事呼应了起来。

三江口以"江汇于此、路始于此、海通于此"而闻名遐迩。我国南北公路"大动脉"同三高速公路（010国道）起始点就坐落在三江口。三江口是历史上著名的古战场，兵家必争之地，曾发生过多次战争。我国的赫哲族、满汉军民曾多次在此痛击沙俄侵略者。自然景观、历史文化和现代文明构成了三江口景区的独特、静美、风情和深邃。

回程时雪小了些，天气慢慢好了起来，部分高速也恢复了通行。

总结一下，我自认是个不达目的不罢休的人，认准目标，创造条件也好，哪怕创造目标也好，都要实现。所以看着天气转好，高速复开，又心心念念想要第二天赶去黑瞎子岛，再遥望下北方唯一的不冻港——库页岛。太太喜静，经常是抱着体恤和信任的态度给予我支持。她这次原本打算去趟藏区就回家，表示下精神助威的，哪想不但在精神物质双重无准备下转了冈仁波齐，还一路陪伴到了东北。在白天经历了几乎溜下路基坡的劫后余生，她坚持要以安全为第一考量，必须回程。

而事实证明，女人有着无从解释的天生直觉。本企图趁高速解禁连夜往回走的，事后得知总共也就开放了两小时，只得悻悻然回酒店等天亮了。都说听太太话的男人福气好，这不，也许就是保住了两条小命呢。

自然景观、历史文化和现代文明构成了三江口景区独特的静美、风情和深邃。

高山滑雪速降，流畅而刺激的体验。

25 864公里向南！

之前提到过雪地速降伞，这次环行旅程我把装备带去了。但是天公不作美，天不遂人愿，没能在雪地上起飞。

我们在西藏的时候一直关注着新疆的天气，说某一天会降一场暴雪，但是算算行程可能赶不上。当时心里还抱着一丝希望，因为据说下暴雪的第二天还是可以滑的，但是等我们赶到那里的时候，雪已经化了。本来想到东北时，上长白山的滑雪场，那是国家唯一允许滑翔伞飞行的雪场，目前还没有人在那里玩过雪地速降伞。可是后方一再无微不至地关注和催促，东北又遇上第一场暴雪，高速处处封路，在雪地上玩速降伞这个行程，只能放弃了。

好在之前在西北沙漠上试飞过一下，也算不虚此行，小过了一把瘾。

我的雪地速降伞已经随我流浪过好多地方和国家了。这种伞的面积比普通的滑翔伞小一倍，速度更快，因为滑雪速度很快。它的升力能保证让你脱离地面。我先后在日本、韩国、美国、加拿大等地飞过十几次。此前我去新疆阿勒泰飞，在雪山顶黑道上一下子就升起来了，一路飞下来，碰到雪道的地方，可以稍微滑一段，碰到悬崖就冲出去，流畅而刺激。这项运动我大概也玩了七八年了，国内可能就我一个人有这项装备，现在也没几个人玩。

每项成熟的运动，前人做了成千上万次的尝试和训练，装备经过不断改造升级，风险系数已经很低了。通过装备技术的提升以及规则的制定，告诉你应该怎么去完成，如何保障安全。就像你刚看到自行车，觉得两个轮子不倒地是很不可思议的，等你会骑了就发现其实很简单。这些极限运动也是同理，它们的核心要领在于精微操控，不是用大力气，而

是要一种感觉,微妙而灵敏的感觉,要你非常平静地去对待这些运动。这些极限运动,只有观众才会紧张兮兮地心悬在半空,看得肾上腺素飙升,因为他们不熟悉。真正参与运动的这些人,如果在情绪非常激动的状态下,是不主张他去玩的。玩到一定级别,慢慢进入理想的运动状态之后,人会非常平静,平静到每一个细微的控制,你都能感觉到,就像鸟的羽毛,像老鹰翅膀末梢的羽毛一样,感觉到气流的变化,才能飞得好。

　　滑雪也是如此。你对滑板的控制、脚上的感觉,需要非常敏锐,这种调整必须量化到精微,只有自己来把控。就像顶级大厨往菜里加调料,永远是少许,这个"少许"对一般人来说是不可捉摸的。新手需要量化的概念,明确

跨过山和大海后,一路向南,归心似箭。

控制量的多少,而高手就是含糊其辞名曰"一点点",这就是区别,就是境界的不同。如果你可以控制厘米单位,就达到厘米级的水平,控制毫米单位,就达到了毫米级的水平,或许还有更高级别的,控制的精度越高,境界、水平当然就越高。打个简单的比方,初学开车的人方向盘打的角度很大,摆来摆去的,但你如果车开到很熟练的程度,方向盘角度几乎只有微弱的抖动,不可能大幅度摆动。所有的极限运动都是这种状态,潜水也是如此。

极限运动对我来说,呈现的是一个高速运动的状态,但实际上我是很安静很平静的。

11月11日,黑龙江富锦—吉林扶余。12日,沈阳。13日,大连。14日,烟台—南通。

都说行百里者半九十。对于离家已近两个月，领略过太多高山大海雪山戈壁的我来说，有点归心似箭了。童话故事总是结束在王子、公主结婚时，但之后的柴米油盐都是切实存在的。从东北大雪里逃生后，似乎所有的跌宕起伏都已经过去，我挥别了保障车，一路往家的方向，向南突奔。

到达大连的时候，已近傍晚。令人感动的是大连的车友弟兄们寒风中竟然集结了五辆车，在高速公路的口子上一字排开拉起了"CaSa程，大连车友欢迎你回家"的横幅，一股温暖真是直直地涌上心头。就像每次我出行后到家的那天，无论多晚多冷，推开家门一看，总有一盏亮着的灯，有一碗热粥。

回到城市的好处是"一键加电"服务又可以启用。趁着随行工作人员领走"太奶奶"的一小时，赶紧祭了祭五脏庙，还约了多年未见的老友和大学同学。晚上九点随车登船，八小时后到达青岛，又让车躺在海上"漂"了一回。我的"太奶奶"已渡过南海和渤海了。凌晨五点抵岸，天还灰蒙蒙的，带着晨雾，而我则像被磁石吸引的铁块一样，即刻出发了。

没有具体计划，只有确定的目标和方向。能开多少路程？体力撑不撑得下去？最后这一段路，还真得提气顶住，就像沙漠中的最后一滴水，撑起了所有的希望。

一天下来，行进了864公里，从大连到青岛、烟台，最后到南通，一个人担负了全程，且驾驶的还是一辆需要定距离充电的新能源车，事后想想有点不可思议。当时倒是没想那么多，而是只关心下一步、下一个点，不去想别的。心里只有一个念头：回家——把身边的太太，把ES8"太奶奶"和那么多人的祝愿以及期待，圆满地带回家。

就像我出发时设想的那样：用一种现代人的方式去朝圣，

**用一种现代人的方式去朝圣，
不求因果，不问得失。
是否五体投地，是否步伐细数，
都只是形式的区别。
重要的是这颗没有杂念的心，
全神贯注地向前，只关注下一步，向前！**

不求因果，不问得失。是否五体投地，是否步伐细数，都只是形式的区别。重要的是这颗没有杂念的心，全神贯注地向前，只关注下一步，向前！

漫漫环行，以里程积累，以苦心劳形，完成每一刻的专注。每每思绪及此，心中唯有感恩。

11月14日 周三 26042公里

今日846km行程，身心俱疲吧。上午6:00~晚夜无误是次日凌晨2:00停，烟台港登岸起，一路这桔子水晶酒店。若非与YY有约中途会面，依我习惯再深一脚就抵沪进屋住了，哈哈！

烟台凌晨行至莱阳纪格立充电桩（204国道），因大雾橙色警报，高速路封。5点准备。6点登岸，薪嫌烟台长岛开着充电车来福头迎接。小新5点就到了，还备了早餐，一句"对不起，等久了。餐凉了？"心暖后了一个小时，瞬间觉得我已回家了。

1. 往青岛市黄岛区服务站 充电
2. 日照市岚山区…… 充电
3. 连云港市灌云县…… 充电
4. 大丰市大丰服务区 充电
5. 如皋市服务区 充电

沿途共充电5次
夜宿无电桩。

明天中午可抵沪？17:00在出发点上海NIC 蔚来N10层

成就一次大自然零负担的旅程

手机扫一扫
激情燃烧 / 老司机在路上

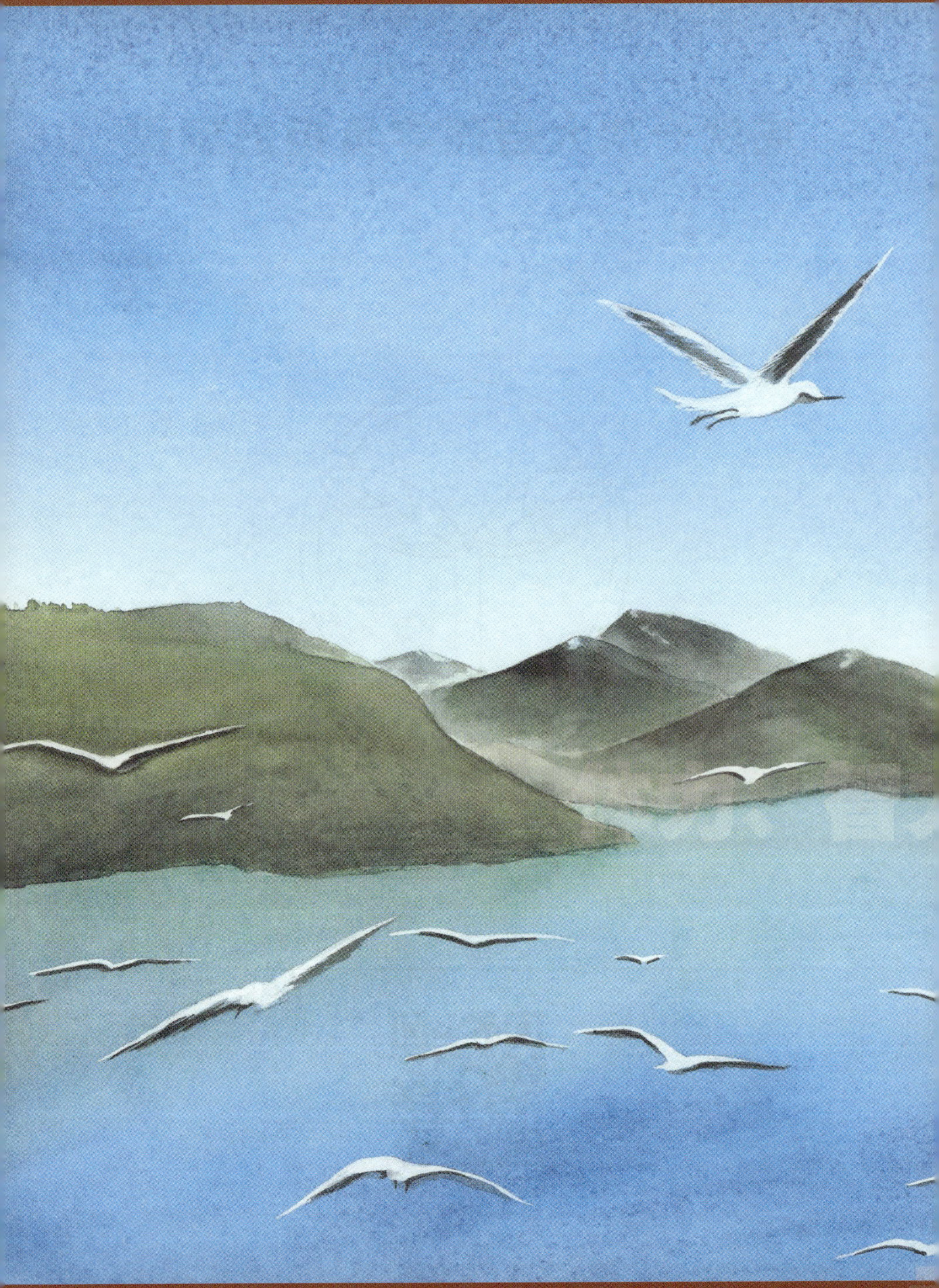

用毕生的积累去应急
体力、智力、知识、能量、朋友、资源
徒步时候会自觉捡起垃圾
点菜时候会看着胃口下单
老祖宗说要应着天时地利人和
不过是在新世界里悟老道理罢了

——我的微信发布（九）

究竟是我如夸父逐日般追逐着一个个充电桩呢,还是一个个充电桩见证了我的行踪?

27 补电恩仇路

"环行中国"这一程21000公里的充电桩路书,我将其分为三大段:

沿海段:上海—西藏芒康,全程3300公里,主要靠电网,沿途都是自己找充电桩解决。高原段:西藏芒康—青海西宁,全程7600公里,用补能车。返程平原段:青海西宁—辽宁朝阳,全程2200公里,其中银川段和佳木斯—大连路段使用补能车,其他全部用国家电网充电桩。使用电网充电桩的路段占全程四分之三。

一路上翻山越岭,过河钻隧道,有时也会恍惚:究竟是我如夸父逐日般追逐着一个个充电桩呢,还是一个个充电桩见证了我的行踪？

驾驶电车的环行计划多是卡在补电站的。虽然政策层面和有关单位在购置和基础建设上都下了猛力，但毕竟目前还无法遍地都能轻轻松松随心所欲地充电。

就新能源供电系统来说，上海以南至广东以北是国家电网势力范围，所以基本在高速上都能寻得着100—220安培的电桩，随停随充，让人分外安心。充分利用低电量充电快的优势，220安培不求充满，完全可以在一小时内且充且走。

在北方地区，电桩大多配置在政府大院里，设备齐全，但乏人问津。我在承德见识了此行最豪华的充电站——对公共交通巴士和民用新能源车同时开放的二十四小时不间断补能点，有二十多个快充桩和十几个慢充桩，灯火通明，为各路来车服务。可民用车只能使用慢充桩，于是我就只能在旁边寻地方住下，让我的ES8"太奶奶"有一晚上时间吃吃饱吧。

广东区域的供电，是根据其面积、人口及经济水平自立门户、自成一派的，称为南方电网。所以，进入广东区域切换至南方电网后，不但高速上没有电桩的踪影，更是每次都要下高速寻觅好几公里，才有幸在充电所或电力局，甚至政府大院接上120安培的能源补给。充电耗时直接增至两至四倍，基本需要预留两到四小时。好在这些公家配套设施还算稳定，安全感还是有的。只是我自己剑走偏锋，常年喜欢探索事物边界，也因此吃足苦头。这段路最刺激的一次是在续航仅剩四公里时才找到电桩，偶尔跟其他电瓶车一起充电的感觉还特别和谐。

值得一提的是海南——推行新能源出行力度最大的省份，甚至计划在2030年全岛实行无油出行政策。海南的电力补充很充分，南方电网和特来电兼备，特来电分直充60

有些充电桩被疯长的野草覆盖起来,淹没在草丛里。

安培和交流 30 安培。省内主要城市及交通要道的电桩覆盖率和数量,在此次环行经过的城市里都首屈一指,我甚至在一家医院见过有七八十个电桩的大场面。海南岛的自驾环岛按热门程度基本分为东线、西线和中线:中线因为无海景,选择的人较少;东线的电桩基本配备齐全;西线则尚处于间隔 300 公里无桩状态,如果想要环岛的话,这个补能点的间隔成了最大的拦路虎。所以我此行也是选择了较为稳妥的东线原路返回,虽然比较遗憾,但我相信按这个建设进度和力度,海南很快就能建设成为电车畅行岛了。

到了广西则像一键回到过去了。特来电作为商业项目我也扒拉过塑料覆膜，成为"处女桩"的首次使用者。

也是跟地区繁荣程度呈正向分布的。若是指望着分布疏散的供电局过日子，肯定要"饿"死。更别提供电设备的完好度了，情况着实令人担忧。省会南宁的电桩覆盖密度倒是蛮高的，只是很多没人使用甚至无法使用，大多处于"趴窝"状态。我寻寻觅觅寻了五处地方，才好不容易觅得充电桩补能。我见识过整个停车场只有四个桩可以使用，其他几十个桩都没电的；我也扒拉过塑料覆膜，成为"处女桩"的首次使用者；甚至有些桩被疯长的野草覆盖起来，淹没在草丛里，像是敌方伪装过的野地兵，却依然可用，简直是一场活生生的寻宝游戏。在广西大学内，我拨打110，让警察叔叔帮忙挪走了

事后再回想这一路，依然觉得是不可能完成的任务。

占位的油车，才给我的 ES8"太奶奶"续上了命。

南宁至百色 270 公里的向上盘山公路及沿途城镇都没有充电桩，其中包含许多需要爬坡的路况，这对电车里程数来说很有挑战。我当天傍晚六七点从南宁出发，到次日凌晨三四点才抵达百色。

据说"佛系"驾车，依赖定速巡航，可以少耗电。不急躁，更安全，易掌控，民众喜闻乐见，宜推广。但那是在平地高速上比较见效。在延绵起伏的盘山路上，要发挥出最佳里程数，需要以稳定输出功率推进，车速反而是个很大的变量。坊间流传"魔系"开车技术，就是仗着电车提速快的优势，右脚底直接粘在油门之上，不管不顾地提速，可谓鲜活生猛的海产形态。为了在起伏的盘山路上获得最佳里程数，需要以恒定输出功率为优先级，根据稳定电流来开车，而不是根据不变的速度来开，这就需要你和车合为一体。长下坡，非万不得已不踩刹车，或许还得加点电门，为维持稳电流输出，故在下坡车速相当快，有时候能达到每小时130公里；过弯时，也远超平时习惯速度；而上坡，同样50安培的恒电流输出，就得大大减速，不可用大功率保持定速巡航时的速度，有时甚至时速只有每小时二三十公里。所以必须怀着"佛系"超然的心态，再有"魔系"驾车技巧加持，否则是要被盘山公路淘汰的。另外，就是关闭"能量回收"，这个原因留待读者好好琢磨吧——驭事往往不要执着于表象，更要探究内在逻辑，才能见到真相。在这里，车速就是表象。

总而言之，开车是"佛"是"魔"，只关乎自在选择。其实，"佛""魔"总是集于一身的。

最终到达补能点的时候，我竟然还有35公里的剩余里程，也是很险。中途还开错过一个路口，多费了七八公里。

事后再回想这一路，依然觉得是不可能完成的任务，沿途心境起伏，个中滋味可能只有电车驾友才能明白。广西路段一直延续着这种艰苦朴素的补能风格，紧巴巴的，找到机会就尽量充满电，以下一秒会断粮的心态行进。这些可爱的、哭笑不得的经历，现在想来都成了这一程中最出挑的谈资和最美好、最宝贵的回忆。

如果说西藏、内蒙古和东北是早前就提请安排了补能车、不打无准备之仗的话，广西差不多就是一场敌我双方东躲西藏的游击战了。

有了补能车保障，从此就无能源的后顾之忧。

  两广地区基本依靠四大神器：地图软件、南方电网、特来电和需要感恩的无时差的汽车后台支持。可这些只能帮助找到电桩，而无法确定这些电桩是可用状态。

  云南的电桩分布和功率基本和南方电网持平，只是每个站点的桩数略有不及。本来计划在丽江和汽车高原保障团队会合，结果还是因为自己冲得太快又等不及，就倚仗着随身带的两个充电桩继续前行了。在其宗村，我是第一次使用家用洗衣机插座结合15安培的应急充电桩，从抵达的下午到第二天金沙江漂流完毕，差不多用了26个小时，才把车充到可续航里程100公里。第二天晚上，再接酒店的供电箱，结合自带30安培的家用桩，一晚上充到满电。第三天在梅里雪山继续用自带家用桩补能后，行至芒康，终于和补能车汇合，不再依桩前行。这段路，我的作息行止根据"太奶奶"的胃口调整。

摆脱了电桩的束缚之后，似自由潜水时冲出水面般淋漓畅快，行进自由了许多，效率也直线上升。我做攻略计划时，不再受制于电桩，而是可以考虑沿途实际的兴趣站点。之前首先考虑车——算上充电停留和人的住宿，基本每天要跟我的ES8"太奶奶"相处十七八个小时。就算这样搏命，平均每天也只能推进小几百公里。有了补能车保障，从此就无能源的后顾之忧，可以随停随充。高原的海拔对于电池是没有影响的，因为电池有自我保温技术，零下7摄氏度左右也不会有明显的损耗。体验过单反相机在低温下表现的，一定懂的！

我记得在西宁和哈尔滨两地都使用了充电宝车，和高原补能车不同的是，它没有发电功能。形象点说，它更像块会跑的大型电池，可以灵活安到需要的地方，但它自身也耗电。

出行时，有随身车用电桩的准备，路上随时指引补能，甚至在藏区，也有补能车伺候。如此待遇，已不是买卖双方的服务可以概括。我觉得，一家有人情味的公司，一定可以陪伴客户走得更远。科技和人情味的互相补足，才称得上真正的好服务。

"环行中国"这一圈，让我对地方经济实力与新能源基础配置的不均衡都深有体会。南方经济发达地区，人们仰仗天然的港口优势，秉持务实的实干作风，不管是经济生活，

低温对汽车电池的影响,因其自我保温技术而大大减弱了。

还是电桩的布点，都透露着"供需平衡，效率为上"的考量。但也有些地区比如广西，大多电桩也许只为了响应号召而并非实际使用，很多电桩根本不通电，或者因长期停用而发生故障，也许是考虑会在长远的政策布局上得到收益吧。在北方，则大多是政府行政命令的产物，因为建充电站可以获取免费的土地，故常见到让人咋舌的规模。我以为，对于新能源推广政策性的偏重，应该在激活市场后尽快退出，长期的政策扶持肯定会导致畸形的商业模式。在给予一定的引导、设置了游戏规则以后，给市场自我调整和自由呼吸的空间才是正途。

28 "太奶奶"惊艳 2 万公里

这一路，电动 SUV 给了我无限惊艳！

在"环行中国"前，我以为一辆车走走停停，看看风景，也就那么回事。没想到一路下来，途经四十余座城市，我真的被"太奶奶"彻底惊艳了。

惊艳之一是 ES8 的动力，六百匹马力，这一身的劲，我很难用语言来形容，因为这远远超越了之前我所有驾驶过的化石能源的油车带来的推背感，稍微给电就给你迅猛反馈；跑在高速上，汇入车流，似餐刀切入黄油般顺滑、流畅。我唯一担心的就是需要时时关注限速。这一程，两万多公里，才两张罚单，万幸万幸。

ES8 的操控性是惊艳的另一个点。尤其是在"怒江七十二拐"这一段路程，驾驶有超越以往的从容，难以忘怀。这一路上数不清的弯道，刺激又有点险，ES8 的操控准确、转向灵活让我觉得驾驶非常得心应手，不管是往山上盘，还是往山下盘，都应对从容，深感欣喜。

我喜欢在音乐声中享受驾驶的乐趣，所以行车时音乐是一直开着的。有一次在美国的高速公路上，从一开始遇到阻在前面的货车车队，到后来很多辆重型集卡互相纠缠着，让我一直憋在那，几次跃跃欲超，几番欲说还休，有迂回，有等待，有急中生智，有灵机一动，有瞬间，有倏忽，最后还是在一辆辆车的间隙中，得以一次次突围，终于呼出长长憋着的气，音乐也刚好差不多结束。这是非常完美流畅的一段视频，从容淡定，节奏吻合。这样一段难忘的路程过后回放，简直像电影场景预设一般，有意外的惊喜。顺便啰唆一句，我的确能一口气憋过五分钟，也常常在开车的时候憋个两三分钟，一口气开一程，比如连续的山道、隧道、过桥，等等，那一刻，我有身心空灵般的专注感，精微操控，人车一体，而非温吞驾驶时的漫不经心——佛系驾车。这次在"七十二拐"，我也记录下了这么一段带着磨胎音的驾驶体验。

　　从零海拔一直爬升到海拔 5600 米，对于 ES8 爬坡能力的考验可想而知。从云南开始，一路向西，上珠峰大本营地，越界山达坂……这么多险峻的山岭，不断向上攀升的海拔，ES8 总是让我倍感放心，即便我的身体血氧含量降到 65 左右（平地正常值 98）依然应付自如。我想新冠患者也会在各级低值血氧下，与病毒抗争。

> 这么多险峻的山岭，
> 不断向上攀升的高度，
> ES8 总是让我倍感放心。

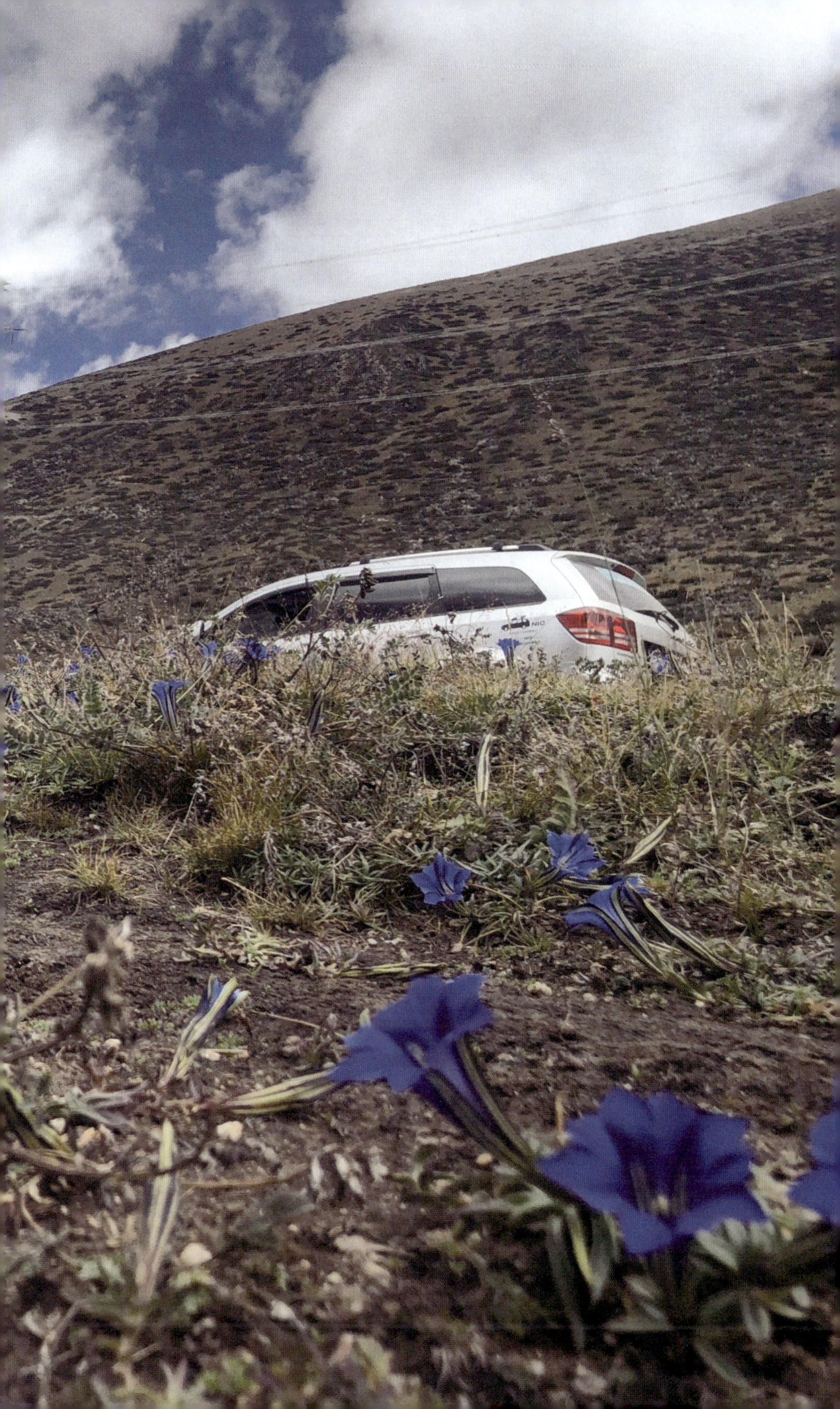

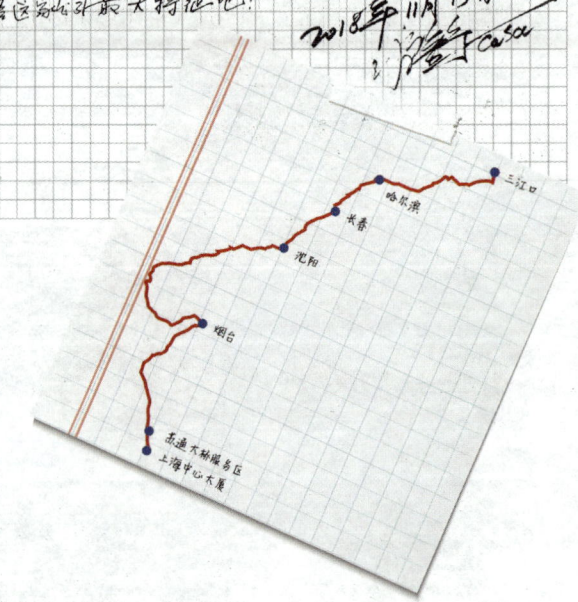

11月15日 5:00 返沪 抵蒲东上海中心 26188km

今由南通启程190km 到沪，陆家嘴上海中心，离家仅2km？2个月前由此启程（自10月11日上午10点上）环行中国周海结束。平安归来是大家最欣慰所在。永华的一个熊抱，是看动态终于放下。就我个人感受而言：似仿出租车司机走两个月的工作里程线拉直了开而已。这全程除了刻意知呼朋唤友、刺遛些与行车无直接关连的活动之外，行车动忘满意外，多是不佳传的我有意为之。尼在参照各种极限运动机构、对于风险的把控有科学性发射发的身知。可以接…但绝不冒险。我愿意保持自己去打开一扇扇尘掩泊门的好奇心，但不去干冒险的蠢事。

一路行来，不断定定释车或脱电，计算各程，觉悟路车驻车指示，亦让明自个儿到此一游的相片。一而再再三度，似长跑修炼者，也似乎今生人前犹和感？

5以往自驾最大不同体验是蔚来这一系初创公司，居然能把用户凝聚到似同一撅车群或是一股某种运转越？一般车友俱乐部的向心力，良企这车众益友，"用户企业"看来不止于这么不轻名词。超令代所有用企中企、员工企业和企、这个用户企业"看来会是一个不止于匡家或称探索，我们了毈同以眺！该理想地吧，信仰世界，这一捡到可以议明，我们可以未善痴伦，却可以依赖友乾的虔悦相待。目的若搭之一平台；蔚友间的相信就是未大大陸凝。也许这是"用户企业" 诚宇价值的最好论释，世号这务此永象太特征吧！

2018年11月15日 诹华 Casa

用心倾听它们一会儿

手机扫一扫
激情燃烧 / 老司机在路上

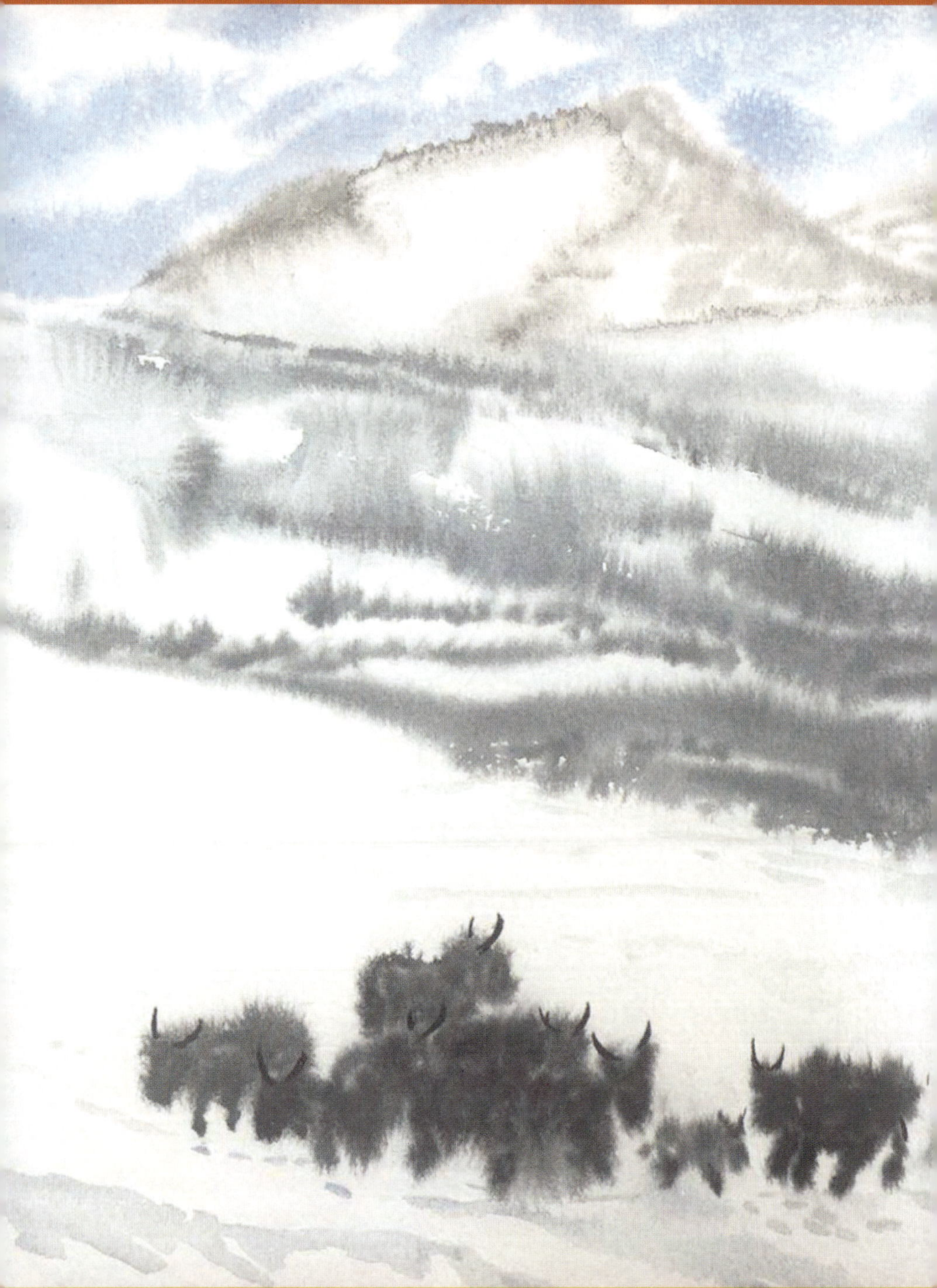

动物才是大自然的主人
而咱们是客人
最好不要去打扰它们
追拍是否也是一种罪过?
爱护动物就不要打扰它们
用心倾听它们一会儿吧

——我的微信发布(十)

班公湖鸟岛，红嘴鸥掠过湖面。

29 飞翔的精灵

此次"环行中国",我选择去一个地方而不去另外一个地方,依据的是事先制定的线路图,不是纯粹沿着国境线走。比如这一站来到的班公湖,它处于中印边境,但只是靠近边境,实际上离国境线非常远。因为班公湖呈东西走向的狭长形,我在它的东侧,它的另一头西侧就在印度境内了。在沿途的一些滩涂看到很多水鸟,我们就停下来一阵狂拍,有些照片我觉得拍得还挺不错,画面上有羊群、牧羊人和鸟。而且这里不是旅游景点,是一个自然生态地,很空旷,很自在。

说到拍照,我家应该算是摄影世家。我父亲曾经在电视台工作,本身也喜欢摄影,所以我从小耳濡目染。我的妈妈、叔叔、哥哥和我太太都喜欢摄影。我初中就会自己冲胶卷。但后来到了数码时代,我玩摄影的冲动就下降了,现在单反都基本不怎么用了,通常就用手机拍拍。我也没把这当作一个职业,所以对装备、像素等要求没那么高。不过这次"环行中国",一路上要拍的照片比较多,尤其是拍鸟,用手机当然不行,必须靠专业器材。而且后半程我太太来了,她也喜欢摄影。我的车一路开过,其实一直都在拍鸟,所以这个班公湖的鸟岛不能说是刻意安排的,也是因缘际会。

雪山环绕的阿里地区幅员广阔,海拔高,河湖众多,气候独特。长期以来,由于地形复杂、环境特殊、交通不便而人迹罕至,因此这里生态环境稳定,基本呈原始状态,成为一些特有的珍贵野生动物的乐园。据说仅阿里地区的东北部,就有藏野驴、金丝野牦牛、藏羚羊、盘羊等几十种野生动物。

而在这个天然动物园中,最吸引人的当属这个班公湖鸟岛。

　　班公湖因地处高原偏僻之地,少有人迹,湖区又没有天敌,形成了一个品种繁多、色彩斑斓的鸟类世界,是鸟类的世外桃源。鸟岛面积不大,长约300米,宽200多米,岛上没有大树,只有一些低矮的灌木,沿岸还生长着一些叫不出名字的草本植物。小岛到处是石灰石碎块,遍地是鸟粪——有些地方已堆积了厚厚的一层,鸟羽毛更是处处可见。小岛遍地都是大鸟、小鸟、鸟蛋,岩石间、草丛中、湖面上、湖

雪山脚下，班公湖畔，世界海拔最高的鸟的天堂。蓝天白云，碧水苍山，好一幅山水鸟语图。

岸边，无处不有，成千上万只鸟将整个小岛盖得严严实实。

　　岛上生态环境好，栖息的鸟类有二十多种，数量最多的是棕头鸥，斑头雁与红嘴鸥次之，此外还有黑颈鹤、赤麻鸭、鱼鸥、绿头鸭、针尾鸭、红头潜鸭、白眼潜鸭、天鹅，以及鹤类、鹳类等珍贵鸟类。周边偶尔有大量白骨顶活动，但都不敢擅自登岛。鸟儿们以湖中的鱼类、水草等为食。斑头雁与棕头鸥各自占据着鸟岛一方互不侵犯、和平相处，在周边游走的少量凤头䴙䴘、偶尔上岛来的赤麻鸭会遭到鸥雁的联合攻击，

最终落荒而逃。

　　每年春天来临，孟加拉湾的温暖气流吹入阿里高原，头年冬季从高原飞往南亚大陆避寒的鸟群又飞回来，在这里产卵，繁殖后代。每年5月到9月，是观鸟的最好季节，成千上万的鸟来到鸟岛上繁衍后代，是鸟类的天堂。远远望去，俨然一幅山水鸟语图，是人与自然最和谐的体现。

　　这是自然界的一块净土，是鸟的王国，这里充满了鸟类的友情和亲情，没有干扰，只有祥和与宁静。它们在碧蓝的天空中盘旋，万鸟齐鸣，格外优美动听。有的鸟在地上与家

> 这是自然界的一块净土，是鸟的王国，这里充满了鸟类的友情和亲情，没有干扰，只有祥和与宁静。

用心倾听它们一会儿

禽争食，有的鸟在房顶上驻足歇息，还有的鸟在地上互相追逐嬉戏，"谈情说爱"，交配孵雏。这儿的鸟与当地居民的关系特别好，每当有人从家里端出半盆剩饭倒在地上，一大群棕头鸥便盘旋而下，不一会儿便啄食个精光。

在这个可以称为世界海拔最高的鸟的世界里，上有蓝天白云，下有雪山湖水，天然大屏障将鸟岛与外界隔开，完整地保存着阿里高原这一特殊自然景观。我是个资深摄影者，当然不会放过这个难得机会，乐不思蜀，流连忘返，狂拍了一通，很有酣畅淋漓之感。

每年5月到9月,是班公湖观鸟的最好时节。

建议：

拍鸟最好带上长焦与广角镜头，当然变焦镜头也是可以的。拍摄地点一定要尽可能地选择跟它们同一水平线的观测点，这样更容易捕捉鸟的神态，也可以让你的照片背景更丰富。如果拍摄飞行中的鸟，就要留意连拍速度、高感光度下的画面纯净度及自动对焦系统的精确度。对于想要直接聊干货的朋友，记住以下这句话就好了：如果你想定格瞬间，使用1/1000s或更短时间的快门；如果你希望表现出动感，就使用1/60s或更长时间的快门；鸟类会移动，景深过浅很容易造成主体变模糊，因此在拍摄飞鸟时不妨使用 f 5.6 — 8 的光圈，令景深保持在合理范围而又能突出主体。在实战现场不一定有足够时间让拍摄者思考，机会通常稍纵即逝，所以应预先做好对焦动作，找到目标对象后立刻预测它的行进路线。对焦点通常是鸟儿的眼睛。

- 如果你想定格瞬间，使用1/1000s 或更短时间的快门。

- 如果你希望表现出动感，就使用1/60s 或更长时间的快门。

- 拍摄飞鸟时不妨使用 f/5.6—8 的光圈，令景深保持在合理范围而又能突出主体。

30 邂逅藏羚羊和藏野驴

既然说到了摄影，也一并说说其他几样野生动物的拍摄。我在这一路上的确是拍了不少照片的。像我这样的出行者，又有几个是只顾行进的呢，大多是沿途一路狂拍。自驾，当然可以见机行事，不用瞻前顾后地瞎担忧什么。只是此行更多要顾及电能的补充，荒沙野漠的地方更是如此。令人欣慰的是，该拍的景致我都拍到了。

在浩渺无际的沙漠，骆驼是最受欢迎的大型动物了。它们躯体高大，体毛褐色，极能忍饥耐渴。骆驼可以在没有水的条件下生存两周，在没有食物的条件下生存一个月之久。驼峰里贮存着脂肪，在无法摄取食物时，可以分解成身体所需养分，供骆驼生存需要；足有厚皮，用来适应沙漠行走。骆驼虽不善于奔跑，但其腿长，步幅大而轻快，耐力强，加

野驴飞驰,雄壮、威武而洒脱,壮丽的画面令人沉醉。

之其蹄部的特殊结构,因此适合作为沙漠中重要的交通工具。在短距离骑乘时,双驼峰骆驼的速度可达每小时10—15公里,长距离骑乘时,每天可行30多公里,被誉为"沙漠之舟"。

更难能可贵的是,骆驼性情温和,特别受人待见。可以近景拍摄到它的萌态,很是逗人。当然想拍到好照片需要细心观察,也需要反应敏捷,眼疾手快迅速捕捉。

一般拍摄骆驼,选择的是逆光或侧逆光。如果有人配合,车上还带热水,不妨用水杯向空中洒水营造背景。在逆光的位置拍摄,洒出的水瞬间就成了固体状,拍摄效果超级好。可惜,这次没有洒水。

在青藏高原生活的物种中,藏羚羊可以说是大名鼎鼎的"明星"。它有较短的面部、大而圆的鼻子,成年雄性藏

藏羚羊是青藏高原当之无愧的"明星"。

羚羊还有着长而尖端向前弯曲的角,它们在发情期面部会变成黑色;而母羊个子要比公羊小四分之一左右,没有角,面部也不会变成黑色。藏羚羊是青藏高原上跑得最快的动物,时速可达80—100公里,可以连续奔跑10多公里,而且极为胆小灵敏,这令它的天敌望尘莫及,也让我们的拍摄很是艰难。

我一直疑惑,藏羚羊为什么有如此速度和耐力呢?当地藏民告诉我,一是它的凸而圆的鼻子,增大了鼻腔的容积,能吸入更多的氧气;二是心脏比例大,血液中红细胞含量高,血液循环能力和运输氧气能力强;三是高寒环境使它们进化出极具保暖性的绒毛。

然而,正是这无与伦比的绒毛,导致了藏羚羊悲惨的命运:藏羚羊不是温顺的绵羊,要想获取藏羚羊绒,唯一的办法就是杀羊取毛。制作一条藏羚羊绒披肩,需要猎杀三只藏羚羊。这一度导致藏羚羊的数量急剧下降。藏羚羊是一夫多妻的动物,有优势的成年公羊会占有几只甚至十几只母羊,并赶走前来挑战的其他公羊。这种竞争有时候会导致激烈的争斗,甚至其中一方会被对方的长角杀死。

2000年,西藏羌塘自然保护区升级为国家级自然保护区。二十年来,西藏各级各部门不懈努力,保护措施得当,使得生态环境逐渐向好,羌塘国家级自然保护区内的重点野生保护动物种群数量明显增加,其中藏羚羊种群数量由原来的五万至七万只,恢复到目前的十五万只以上。羌塘国家级自然保护区核心地带的西藏尼玛县荣玛乡附近,目前就有近六万只藏羚羊。大自然造化了"青藏高原的骄傲"藏羚羊,它们那优雅的外表、胆小的性情、独特的生态习性以及繁殖地的种种不解之谜,都深深吸引着我。我是户外极限运动爱

高寒环境使藏羚羊进化出极具保暖性的绒毛。

好者，同时也是一名野生动物摄影师，我一直渴望能够拍摄到藏羚羊。想要拍摄到优质画面非常不容易，只有蹲守才有机会抓拍到稍近些的场景。

　　幸运的是，我见到了藏羚羊。它们的毛皮与高原稀疏的草地几乎是一个颜色，风一样地在草原上奔跑。非专程来拍摄的我，也想要稍稍靠近一些来拍这些高原的精灵。一队藏羚羊缓缓地走出了地平线，一只，两只，三只……一只接一只轻轻滑过我的镜头，我目送这队藏羚羊走向雪原深处，无法接近，直至它们完全从视野中消失。愿青藏高原不再有枪声，愿小羚羊能平安出生！

　　国家一级保护野生动物藏野驴，也是荒漠高原上比较典型的大型蹄类动物。藏野驴长得跟骡差不多，每年八九月发

藏野驴一般过着群居生活，它们时常为争夺交配权而发生激烈的咬斗。

情交配，这时候雄野驴性情大变，异常凶悍，嘶叫频频，常常为争夺交配权而打得不可开交，取得胜利的雄野驴掌控整个驴群的活动。藏野驴作为高原有蹄类动物中的优势物种，常活动于高原草原、荒漠草原和山地荒漠区，对恶劣的高原环境有极强的适应能力，主要分布在青海玉树藏族自治州、果洛藏族自治州、海北藏族自治州和海西蒙古族藏族自治州，以及西藏的那曲西部、阿里地区、日喀则，在四川、甘肃、新疆等地也有出没。

　　藏野驴奔跑速度极快，差不多都赶上汽车了，甚至狼群都追不上它们。它们警惕性极高，一般过着群居生活，如果你看到藏野驴活动，那一定是成群结队的。

　　拍摄藏野驴也不容易，需大长焦才能拍摄好，因它非常

骆驼可以在没有水的条件下生存两周，在没有食物的条件下生存一月之久

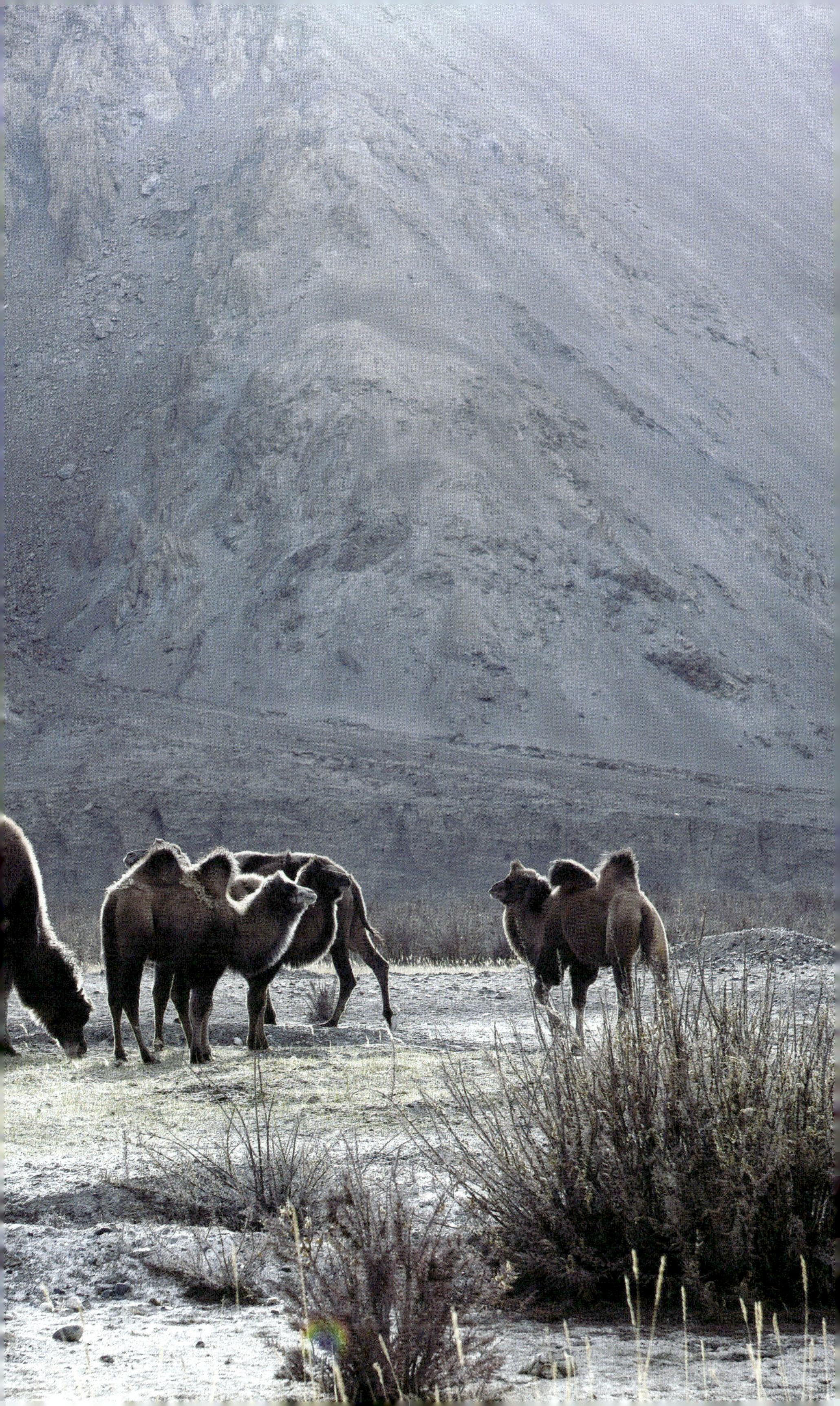

胆小，一有动静就跑了。野驴容易受到惊扰，不仅见到生人害怕，还担心受到狼群的攻击。私自进入藏野驴核心区是违法的，没人引领，别说找不到野驴，而且还存在迷路、陷车、受狼群攻击的危险，所以，只有等待邂逅。

当真正见到藏野驴群的时候，我们一动不动地趴在草丛后，大气都不敢出一口，凝神屏息，生怕惊动了它们。因为野驴非常敏感，你以为你猫着腰小心翼翼地靠近它，它发觉不了，其实它老早就盯着你的一举一动了。它"嗖"地一跃，再追上得跑很长路了。所以藏野驴一旦进入拍摄视野，我立即用大长焦快门记录下这难能可贵的瞬间。这种一贯为人们所忽视的动物，竟也有着无比灵动的一面。此时此刻，我被野驴身上那种雄壮、威武、洒脱的气质感动了。镜头里清晰的野驴画面，那些飘逸灵动的生命形态，让我以往关于驴的笨、蠢、丑的浅陋成见轰然坍毁。藏野驴飞驰，那壮丽的画面令人沉醉。当我还恋恋不舍地想用长焦拍摄时，快门已经按不下去。电的消耗和自己热能的消耗，使一切变得僵硬。好在已经拍了不少，我自信应该有些不错的片子。

我总是想，动物才是大自然的主人，而咱们是客人，最好不要去打扰它们。有时候，追拍是否也是一种罪过？爱护动物就不要打扰它们，用心倾听它们一会儿吧。

但要真正拍好这些倩影，是要长期生活在这个艰苦环境中的。没有情怀，没有大爱，就干不成这种事。浮光掠影匆匆一瞥，拍到就是幸运。

说到蹄类动物，我平时能够接触到的蹄类动物就是马了。养马的人不多，因为成本很高。我喜欢骑马，也骑了好几年。我觉得马是很有灵性的，而且每匹马的性格、脾气都不太一

用心倾听它们一会儿

近景捕捉骆驼的萌态。

**动物才是大自然的主人，
而咱们是客人，
最好不要去打扰它们。
有时候，追拍是否也是一种罪过？**

样，所以初学者要找适合自己的马，这一点非常重要。当你与你的马之间能够实现交流，骑马就很有驾驭感，运动的体验感也会极佳。马毕竟是动物，它有自己的想法和情绪，它的稳定性不像机器设备那么可控、有可预见性，它在不同环境、不同情境下的反应是不一样的。比如说你骑得好好的，突然窜出一只老鼠，马可能会受惊，它的姿态一下就会改变。马的身体、情绪等跟人类似的东西，都是不可控的变量，变量一多，就复杂了。人跟马之间的交流与配合要比人跟装备之间的交流配合难度大很多。

我骑马摔过三次，所幸都没受伤。第一次摔我的印象特别深，至今记忆犹新。当时前面有个水塘，我给马的转身、侧身的信

号不够明确、及时，而马有它自己的想法，它会按自己的想法绕过去。结果它想的是往左绕，我没有准确预判，就往右摔下去了。有了这次经历，我意识到和其他运动相比，骑马的风险还是比较高的。所以但凡大家想骑马的话，头盔等防护装备一定要戴好。而且要循序渐进，不要觉得电视里面骑马威风凛凛，就产生不切实际的幻想。现在大部分骑马是在跑马场，有马道，规规矩矩地骑马的乐趣是不能和在广阔的大自然中驰骋相提并论的。但在自然环境当中，几乎找不到完全安全的地方。可能海边算是一处，你可以像早年罗马尼亚的一部电影《沸腾的生活》中罗曼船长和他太太那样在海边浪漫地驰骋一番。而你以为最适合策马奔腾的草原，草丛

推开虚掩的门：驶向未来

**不要觉得电视里面骑马威风凛凛，
就产生不切实际的幻想。
规规矩矩地骑马的乐趣，
是不能和在广阔的大自然中驰骋相提并论的。**

下面其实并不是草甸，会有很多的碎石，马跑起来会崴脚。你如果不是牧民，骑马不是你的生活必须，你也不可能像他们那般骑，小跑几步过过瘾就可以了。

所以，打消去旷野上驰骋的想法吧。

我曾经在呼伦贝尔草原和朋友相约驰骋。我说我会骑马，让当地人给我准备一匹跑得快的马。结果他们给我太太一匹快马，然后牵着她走，而给了我一匹最不会跑的马——可能怕我骑着马跑了？其实他们是怕出状况。就这么骑了一会儿，我和太太还是互换了马。那匹马果然了得，一溜烟就跑远了，我跑到村子外面去遛了一大圈。

但是这次骑马，其实我让自己处于一个偏高的风险上。因为我对那里的地形和环境并不熟悉，村里的小路哪儿哪儿都有碎石，万一不小心摔下来，就是一次事故。

这次"环行中国"，我们骑马去看最美冰川。好几个人结伴同行，他们只是坐在马上走几步而已，只有我一个会骑马，就大胆跑了跑。我猎奇心作祟，站起来身体往前探了一下，刚好碰到马一个趔趄，差点摔下去。幸亏我骑马的肌肉记忆尚在。我经常去的跑马场里有很多好马，比起牧民的马，这些专业的马在与人交流方面优秀得多。它们很亲近人，平时不是训练就是比赛，所以骑上去体验很好。我觉得出去旅游

291

有机会骑马的话，可以尝试走两步，拍几张照片。但是千万不要冲动，不会骑马的人坐在马背上跑起来会颠得一塌糊涂，你没被它颠下来是小概率事件，简直是幸运儿了。因为你坐在上面没办法跟马的节奏融合在一起。想象一下，你骑在马上，就像在马的腰眼处缚了个米袋，它每跑一步，就有一个沉重的东西撞它一下，非常不舒服。马很累，当然，你也很累。

　　马是与人类关系很密切很亲近的一种动物，平时相处、训练时肯定会有一些眼神、举止上的交流。骑马时，你的体

策马奔腾，潇洒走一回。

态、动作要跟它的运动姿态配合起来，两者结合得恰到好处；彼此之间的契合度要高，每一次肌肉的调动和变化都要同步，不仅是时间上的同步，量上也要同步，对这种同步的精准度要求很高，所以千万别小看马术这项运动。在所有人和动物的交往中，骑马是最潇洒最美妙的，纵马放歌，驰骋于天地间，我们或多或少畅想过这些场景。骑马也是需要勇气的，有难度的东西才有乐趣，或许你在找寻的就是这种感觉。但驰骋旷野，对普通人来说也没有必要，还是止于视觉享受吧。

后记　我的身心我做主！

大而概之，数万余字。正值仲夏，疫情好转。

2018 年 11 月 15 日下午 5 点半，我安全返回上海，里程读数：26188 公里。

"环行中国"旅程，自 9 月 10 日从上海启程，到 11 月 15 日返抵上海，历时 67 天。南达海南三亚，北至新疆喀什，西抵班公湖，东到佳木斯三江口；最高翻越 5600 米海拔山头，最低潜入海平面下 38 米。

自出发，我就在汽车 App 上全程更新动态，截至行程结束，发布了 96 条朋友圈，直播文章已过百万次的阅读量。

Ivy 原计划 9 月 28 日在香格里拉与我会合，拍摄些西藏山水便回，谁想上了车便再不提返程了。Ivy 身兼摄影师、生活委员、引航员、安全员等数职，因为她的陪伴，旅程不再难熬。正如友人所说：媳妇在哪儿，家就在哪儿。

我 4 月底于上海试驾 ES8 的时候，便起了出行的念头。提了车，公司有了空档期，孩子去读大学——万事俱备。遂找斌哥、力洪提起此事，在庆华的鼎力支持下，东风至——出发！

瞻前顾后的话，脚下的路也走不好了。定个目标放在那里，按部就班低头一步步走。量变的积累，质变会在不知不觉间自然发生。这是我选择的一种生活态度。

没有那么多"什么"与"为什么"，我只是重复着把出租车司机每天开的线路捋捋直而已，到后期更像是被高速公路的两个护栏框住了，整个生活被罩在了里面。我们生活中大部分时候不都是这样重复吗？比如我们的工作，比如"一键加电"这个服务，这样的事情有价值吗？其实当你认为它有，它就真的可以有。我不觉得人生一定要去构建什么高大上的价值，所谓"茶无上品，适口为珍"。

不执着于自己那些高大上的念头，就可以做更多的事情。从重复，到适应，不再纠结。纠结是因为执着于一种标准，与当时的情境冲突了，行动受到阻碍。这也像我所有参与的极限运动：顺势而为，逆势可止；自我作势，一生蹉跎。

我印象最深的是第一次去三亚。大东海因为浪大，游泳的人不多。我想游出去，大浪总是把我打回来。后来我无意中发现，当你低头，钻进浪里，避过浪峰，等浪推你起来后，顺着它就很容易游出去了。等我穿过三五个浪，回头一看，没有一个游出来的。领悟到这一点，多少会影响你的人生态度。

对一般人来说，长途跋涉似乎是对身体和意志的挑战。对我来说，现实的挑战是无聊和限速，其余种种，本着"见神杀神，遇佛杀佛"的释然心态，真没什么好担心的了。能够平平安安回来，就是圆满。经过了东北的暴风雪，还有吓人的"七十二拐"、陷车、爆胎种种，当时坐在车里不觉得，事后想想心有余悸。拍到什么好的照片，看到什么好的风景，完成了什么挑战，都是路上添花，而非目的。

我绝不是为了冒险而去挑战的人，面对当下的形势，如果能够做到，不管大家的标尺是什么，我可能都会去尝试。

对冒险的掌控度、容错率、安全的阈值，每个人是不同的。第一，不要让先天的恐惧降低了这个值，每扇虚掩的门上都贴着恐惧，但请推开它；第二，不要道听途说，不求甚解，人云亦云，自我设限，要独立思考；第三，驭势而为，精微调控，方达境界。

高度带来风险，黑夜让人害怕。貌似极限的运动，实际上早已有千千万万人尝试过了，摸索出了一整套的规则、装备，有了这些保障，明确行事的边界，就没多少险可冒。太多人囿于莫名的恐惧里，让自己未老先衰。没人有无限的潜力，但每个人都可以憋气三分钟以上。你的认知，你的视界，就是你的世界。

值此付梓之际，我要感谢付出辛勤劳动的出版社的编辑们，感谢提供全套户外运动装备的"探路者"品牌助我"探路""探天""探海"游刃于三栖之间，感谢所有帮助完成并关注"环行中国"每一步的朋友们，感谢你们！

2021 年 9 月

图书在版编目(CIP)数据

推开虚掩的门：驶向未来 / 程舒著. -- 济南：济南出版社, 2021.12
(老司机)
ISBN 978-7-5488-4454-9

Ⅰ.①推… Ⅱ.①程… Ⅲ.①游记-中国-当代 Ⅳ.① I267.4

中国版本图书馆 CIP 数据核字（2021）第 243383 号

出 版 人	崔 刚
策 划	文汇雅聚
责任编辑	朱 琦
特约编辑	蔡时真
摄 影	CaSa Ivy
插 画	杨国荣
封面设计	扬者文化
版式设计	李树声

出版发行	济南出版社
地 址	济南市二环南路 1 号 250002
网 址	www.jnpub.com
电 话	0531－86131727
传 真	0531－86131709
经 销	各地新华书店
印 刷	济南新先锋彩印有限公司
开 本	150×230 毫米 1/16
印 张	19.5
字 数	202 千
版 次	2021 年 12 月第 1 版
印 次	2022 年 1 月第 1 次印刷
定 价	128.00 元

发行电话 0531－86131730 / 86131731 / 86116641
传 真 0531－86922073

（版权所有，侵权必究）如有印装质量问题，请与印刷厂联系调换